Über dieses Buch

Island ist eine ganz besondere Insel – weit im Norden, mit einer unmittelbaren Verbindung ins Erdinnere: den heißen Geysiren und aktiven Vulkanen. Rau, wild, einsam, faszinierend, märchenhaft. Alexander Schwarz hat in alten Archiven nach Geschichten gesucht und die vorliegende Sammlung zusammengestellt. Lesen Sie isländische Märchen über die Entstehung der Elfen, des »Verborgenen Volkes«, und ihr Zusammenleben mit den Menschen, über Menschen und Tiere, über Weise, Bösewichte und Unholdinnen. Sogar über Könige, Königinnen und Königssöhne und Königstöchter, obwohl Island selbst nie Könige hatte. Und nicht zuletzt über die seltsamen zauberkräftigen Trolle, die in Höhlen wohnen und von dort aus ihr Unwesen treiben.

Über den Herausgeber

Alexander Schwarz, geboren 1964 in Stuttgart, studierte Germanistik und Literaturwissenschaften in Freiburg i. Brsg. und Utrecht, Niederlande. Nach über 20 Jahren als Verleger und Programmleiter, unter anderem isländischer Autorinnen und Autoren, arbeitet er derzeit als selbständiger Literaturagent. Seit mehr als 25 Jahren schreibt er Bücher und fotografiert, vor allem für Reisende sowie Sprachlehrbücher.
Seit 2004 kommt er regelmäßig nach Island, wohnte dort sechs Jahre und hält sich hier immer noch mehrere Monate im Jahr auf. Die starke Faszination der Isländer für ihre Geschichten schlug auch ihn in den Bann und ließ ihn nicht mehr los.

Märchen aus Island

Herausgegeben
von Alexander Schwarz

KÖNIGSFURT-URANIA

Bibliographische Information der Deutschen Nationalbibliothek
Die Deutsche Nationalbibliothek verzeichnet diese Publikation in der Deutschen Nationalbibliographie; detaillierte bibliographische Daten sind im Internet über http://dnb.d-nb.de abrufbar.

Originalausgabe
Krummwisch bei Kiel 2020

D-24796 Krummwisch
www.koenigsfurt-urania.com
www.maerchen-schaetze.de

Lektorat: Claudia Lazar, Kiel
Satz: Stefan Hose, Götheby-Holm
Umschlaggestaltung: Jessica Quistorff, Rendsburg,
Umschlagfotos: © Alexander Schwarz,
alexander@alexanderschwarzliteraryagency.com

Druck und Bindung: Finidr s.r.o.
Printed in EU

ISBN 978-3-86826-089-2

Inhalt

Von Trollen und Zwergen

Von Bösen, Unholdinnen und Weisen

Vorwort

Das raue Klima, die Abgeschiedenheit der Insel, die Naturgewalten mit ihren heftigen Stürmen, ausgedehnten Gletschern, plötzlichen Vulkanausbrüchen, eine Insel, teilweise unbegehbar, unwirtlich, mit kargen Böden, reichen, aber umtosten Fischgründen und ihren langen Winternächten – dies alles hat sicherlich zu der vielfältigen mündlich erzählten Tradition und zu einer großen Märchenvielfalt in Island beigetragen. Tatsächlich gibt es noch weitere wichtige Besonderheiten, die sowohl die orale als auch die schriftliche Erzähltradition in Island zu einer frühen Blüte brachten.

So ist eine seit jeher hohe Alphabetisierungsrate der dünn besiedelten Insel bemerkenswert. Schon im Mittelalter konnten die meisten Isländer lesen, und nicht nur wie in Europa fast ausschließlich Geistliche. Inventarlisten einfacher Leute, der Bauern und Fischer, zeigen, dass zwischen 1750 und 1800 in jedem Haushalt durchschnittlich 6,3 Bücher vorhanden waren – unvorstellbar viele im Vergleich zu Europa.

Und bis heute gilt das Buch als das wichtigste Weihnachtsgeschenk (abgesehen von mindestens einem neuen Kleidungsstück für Kinder, die sonst Gefahr laufen, von der Weihnachtskatze aufgefressen zu werden).

Noch immer stehen Geschichtenerzähler in Island in hohem Ansehen in der Gesellschaft. Hebt jemand in einer noch so großen Gruppe, die unter- und durcheinander plaudert, zum Erzählen einer Geschichte an, wird es schnell mucksmäuschenstill im Raum und alle lauschen gebannt dem Erzählten. Über neue Romane tauscht man sich bei der Arbeit oder in der Kneipe aus, man geht zu Lesungen, diskutiert darüber im Radio und in Fernsehprogrammen. Die Literatur ist untrennbarer Teil des gesellschaftlichen Lebens.

Isländer definieren sich über ihre Literatur. Im Landnámabók, dem Landnahmebuch, werden alle Siedler schriftlich fixiert, die Island zwischen ca. 871 bis 930 besiedelten, die Eddas und Sagas gelten den Isländern als identitätsstiftend. Diese Handschriften vermitteln regelrecht greifbar den Ursprung aller Isländer und ihrer Gesellschaft.

Dazu kommt, dass sich die isländische Sprache, die praktisch dem Norwegisch des 9. Jahrhunderts entspricht, durch all die Jahrhunderte nur sehr wenig verändert hat, und die Isländer dadurch imstande sind, ihre alten Texte im Original zu lesen – und dies auch tun. In so gut wie jedem Haushalt stehen die Sagas und Eddas, die in immer neuen Auflagen herausgegeben werden. Die alten norwegischen Traditionen und Texte wurden in Island gut bewahrt. Zudem waren die Isländer schon früh ein reisefreudiges Volk, kamen im Mittelalter bis nach Russland (Nowgorod) und in die Ukraine (Kiew), entdeckten Grönland und Jahrhunderte vor Kolumbus Amerika. Sie arbeiteten sogar im Byzantinischen Reich. Von dort brachten sie Texte mit, übersetzten alte lateinische, griechische, aber auch »moderne« Texte wie Beowulf aus England, das Rolandslied aus Frankreich oder das Nibelungenlied aus deutschen Landen.

Jón Árnarson (1819-1888) und Magnús Grímsson (1825-1860) sammelten als erste, inspiriert von den Kinder- und Hausmärchen der Brüder Grimm, strukturell isländische Volkserzählungen und -dichtungen. In Island galten Märchen genau wie anderswo bis dahin eher als ein unseriöses Stiefkind der literarischen Gattungen. Der Aufruf Jón Árnarsons und Magnús Grímssons an Beamte, Pfarrer und Pröbste, Überlieferungen und Schilderungen aus dem Gemeindeleben aufzuschreiben und an sie zu schicken, hatte aber nur recht mäßigen Erfolg. Immerhin brachten sie 1852 einen kleinen Band mit Volkssagen heraus.

Erst mit dem deutschen Rechtshistoriker Konrad Maurer (1823-1902) sollte sich diese Situation verändern. Dieser, Professor in München, hatte sich in Island einen Namen gemacht, da er sich in den Unabhängigkeitsbestrebungen Islands von Dänemark auf die isländische Seite geschlagen hatte. Maurer beschäftigte sich in seiner Freizeit, ebenfalls inspiriert von den Brüdern Grimm, hauptsächlich mit bayrischen Volkssagen. Von April bis Oktober 1858 ging er jedoch auf Islandreise. Er lernte hierfür sogar die Sprache. Durch seine Unterstützung in den Konflikten um die Unabhängigkeit der Insel erfreute er sich im ganzen Land großer Beliebtheit. So war es ihm möglich, während seiner Reise durch weite Teile der Insel, die Leute davon zu überzeugen, Sagen und Märchen aufzuschreiben. Gleichzeitig gelang es ihm, Jón Árnarson und Magnús Grímsson zu motivieren, ihre Sammeltätigkeit erneut aufzunehmen.

Wieder zu Hause in München veröffentlichte Konrad Maurer 1860 das Buch »Isländische Volkssagen der Gegenwart. Vorwiegend nach mündlicher Überlieferung gesammelt und verdeutscht«. Oftmals fließen hier die Meinung Maurers und Erläuterungen der Umstände des entsprechenden Textes nahtlos in die Sagen und Märchen ein, die eher beschreibend als erzählt aufgenommen wurden.

1862 und 1864, Magnús Grímsson war in der Zwischenzeit verstorben, erschienen im gleichen Verlag wie Maurers Buch, in der J. C. Hinrichs'schen Buchhandlung in Leipzig, auf Isländisch zwei Bände mit isländischen Volkssagen und Märchen, herausgegeben von Jón Árnarson.

Sie umfassten 1300 Seiten. Der erneute Aufruf hatte jetzt also Früchte getragen. Es sollten noch drei Bände folgen (der sechste enthält keine neuen Märchen, sondern Zusätze, Ergänzungen und ausführliche Register). Die Sammlung Jón Árnarsons gilt bis heute als Grundlage und Orientierung für isländische Märchensammlungen.

Wobei er die meisten Texte nur mittelbar über die angeschriebenen Beamten und Priester erhielt, die er aber ausdrücklich gebeten hatte, die Texte ohne Korrekturen genauso niederzuschreiben, wie sie ihnen erzählt worden seien.

Viele isländische Märchen haben mehrere Varianten und dies veranlasste den isländischen Literaturprofessor Einar Ólafur Sveinsson dazu, 1929 ein »Verzeichnis isländischer Märchenvarianten« zu veröffentlichen.

In neuerer Zeit zogen und ziehen Wissenschaftler mit Tonband- und digitalen Aufnahmegeräten ins Land und nehmen die Märchen bei den Leuten vor Ort auf. Im Árni Magnússon Institut in Reykjavík warten viele dieser Bänder und Dateien noch auf ihre Erforschung. Sie dürften noch mehr Varianten und möglicherweise sogar bisher unentdeckte Märchen enthalten.

Die zu Anfang erwähnten Einflüsse erklären auch die Örtlichkeiten und Protagonisten in den isländischen Märchen, die zunächst befremdlich erscheinen mögen. So spielen sich viele Märchen teilweise im tiefen Wald ab, und wir treffen gekrönte Häupter an. Und dies, obwohl es in Island schon im Mittelalter keinen Wald mehr gab und es nie weder König noch Königin, und dementsprechend keine Prinzen oder Prinzessinnen gab. Zwar wurden die Isländer seit dem Jahr 1258 von einem König als Kolonialherrn beherrscht, zunächst vom norwegischen, dann vom dänischen. Den ersten König, den die Isländer auf ihrer Insel zu Gesicht bekamen, war aber erst Christan IX. von Dänemark im Jahr 1874.

Des Öfteren sind Erzählstränge sichtbar, die man durchaus aus anderen Märchenkulturen kennt. In diesen Märchen begegnet man selten typisch isländischen Landschaften, die man konkret lokalisieren könnte. Die eher sagenartigen unter den Geschichten hingegen nennen Orte, die sich auf der Landkarte finden lassen.

Die isländischen Märchen haben aber auch ihre Besonderheiten. Hierzu gehört zuallererst, dass die Dimensionen einer parallelen Welt wie die des *huldufólks*, des »Verborgenen Volkes«, der Trolle und anderer Naturwesen für die meisten Isländer ganz normal in die Wirklichkeit integriert waren und für sehr viele gilt das immer noch. Neuere Umfragen in unserem Jahrhundert haben ergeben, dass rund die Hälfte der jüngeren Isländer an Naturwesen glaubt, aber null Prozent an Gott.

Das *huldufólk* wird in Island durchaus ernst genommen. So stand in Kópavogur, einer Stadt direkt angrenzend an Reykjavík, beim Bau einer neuen Straße in der zweiten Hälfte des vorigen Jahrhunderts ein kleiner Felsen im Weg. Als man diesen aber abtransportieren wollte, gingen die Bagger kaputt und man begriff letztendlich dank eines Mediums, dass in diesem Stein Elfen wohnten. Man trat mit ihnen in Kontakt, die Elfen wollten aber nicht umziehen. Diesen Wunsch respektierte man, die möglichen Verwünschungen der Elfen wohl fürchtend, ließ deren Wohnung in Ruhe und verengte die Straße an dieser Stelle einfach. Auch hat man auf diesem Grund kein Haus gebaut und die entsprechende Hausnummer nicht vergeben. Passenderweise wurde die Straße Álfhólsvegur, Elfenhügelstraße, genannt.

In diesem Jahrhundert gingen bei einem Tunnelbau in den Westfjorden Islands an einem Tag zwei Baumaschinen kaputt und am Tag darauf noch einmal zwei. Schließlich ging eine Sprengung am Berg nach hinten los und einige Häuser im Ort wurden beschädigt. Und dies, obwohl am Tag zuvor ein Medium zusammen mit zwei Leuten der Baugesellschaft und einer Priesterin auf den Berg gegangen war, um mit den Elfen dort zu kommunizieren. Sie bedauerten aber, dass kein Vertreter des Gemeinderats anwesend war. Anscheinend waren die Elfen in diesem Fall dennoch damit einverstanden umzuziehen, denn der Tunnel wurde letztendlich fertiggestellt. Dass Elfen und Trolle in vielen Märchen eine Hauptrolle spielen, dürfte also kein Wunder sein.

In den Märchen selbst haben die Geschenke, die die Elfen den Menschen geben, eine wichtige Funktion. Sie verbinden die Dimensionen einer anderen Welt mit der unseren. Die Ungläubigen mögen ja noch an der Geschichte gezweifelt haben. Das Geschenk der Elfen aber, das in unserer Wirklichkeit zurückbleibt und von so erlesener Qualität ist, dass es nicht von Menschenhand gefertigt worden sein kann, bezeugt zum einen die Wahrheit der Geschichte, zum anderen die Existenz der Parallelwelt. Einige dieser Geschenke sind noch heute in Museen zu bewundern, beispielsweise ein kleiner Kessel in der Nationalgalerie Islands (Þjóðminjasafn Íslands) in Reykjavík oder ein Kamm und eine Haarnadel im Skógarmuseum (Skógasafn) in Skógar.

Tatsächlich besteht das *huldufólk* aus einer Vielzahl verschiedener Wesensarten. Die am meisten vorkommenden und damit auch bekanntesten hierbei sind die Elfen.

Elfen sind nur für diejenigen Menschen sichtbar, denen sich die Elfen zeigen möchten. Sie haben dieselbe Statur und Größe wie Menschen, sind in Island also, wie fälschlicherweise oft angenommen, keine Zwerge oder kleinwüchsige Wesen. Ihr Leben gestaltet sich ähnlich dem der Menschen, sie leben aber in Felsen.

Die zweitwichtigste Gattung sind die Trolle. Sie sind riesengroß, meist sehr, sehr alt und im Normalfall recht übel gelaunt und eher bedrohlich bis gefährlich. Sie leben in Felshöhlen. Die meisten von ihnen können sich nur im Dunkeln nach draußen trauen. Sobald sie vom Sonnenlicht eingefangen werden, erstarren sie zu Stein. (Trolle scheinen eher langsam oder sehr vergesslich zu sein, denn in der isländischen Landschaft finden sich jede Menge Felsformationen, in denen man Trolle im Moment ihrer Versteinerung erkennen kann.)

Die schwerste Strafe nach der Todesstrafe war die Ächtung. Der Delinquent war damit vogelfrei und de facto bedeutete dies im kargen und kalten Island letztendlich zu allermeist auch die Todesstrafe. Aber diese winzige Chance auf ein Überleben bietet sich selbstverständlich als Stoff für spannende Geschichten an.

Zu den typischen Märchen in Island gehören zudem die Stiefmuttergeschichten, die bereits im späten 12. Jahrhundert nachgewiesen werden. Die Stiefmutter in isländischen Märchen ist dabei nicht immer schlecht. Es gibt sogar Märchen mit ausgesprochen geliebten und intelligenten Stiefmüttern.

Isländische Märchen sind nicht wirklich ausschmückend erzählt. Gemäß Stil und Form der Sagas wird in den Märchen kurz und knapp erzählt. Man hält sich nicht lange mit Nebensächlichkeiten auf und für Emotionen ist nicht gerade viel Platz eingeräumt.

Manchmal reichen die Sagas bis in die Formulierungen der Märchen hinein. Tatsächlich wurden einige Märchen auch in den Sagas mit eingebettet.

Interessant ist die Namensgebung der Hauptpersonen. Auffallend oft heißt die weibliche Protagonistin Ingibjörg (Ingeborg). Etwas mehr Variationen gibt es bei den männlichen Namen. Aber auch hier lässt sich nicht von großartiger Bandbreite sprechen. Immerhin kann man sich auf eine Rollenfestlegung verlassen: Der Name Rauðar, der Rote, signalisiert immer den Intriganten, das Böse.

Im letzten Märchen vom Küster entlarvt sich der Teufel selbst – wenn man genau hinhört: Er kann das Wort Gott (Guð), nicht aussprechen, deshalb nennt er die Braut Garún, und zwanghaft wiederholt er die letzten Worte der Verse. Hätte Guðrún doch nur darauf geachtet!

In der vorliegenden Ausgabe ist die alte behutsam an die neue deutsche Rechtschreibung angepasst worden. In einigen Fällen wurde eine in den Quellen eher beschreibende Übersetzung mit viel indirekter Rede durch Umwandlung in wörtliche Rede ansprechender für heutige Leser gemacht. Die Rechtschreibung isländischer Namen wurde beibehalten. Die Aussprache der isländischen Buchstaben fürs Vorlesen folgt hier:

Á, á:	au
Ð, ð:	wie ein stimmhaftes th im Englischen
Hj, hj:	ch (wie in »ich«)
Hv, hv:	kv
ll:	dl, wobei das l nur ein aspirierter Knacklaut ist; manchmal auch einfach ll gesprochen
U, u:	ü
Ú, ú:	u
Þ, þ:	wie ein stimmloses th im Englischen
Æ, æ:	ai

In den isländischen Märchen ist von allerlei verschiedenen Gattungen an Trollen und Riesen die Rede. Die Isländer verwenden dafür viele verschiedene Wörter. Die Arten der Naturwesen sind vielfältig in ihren Erscheinungsformen. Vor allem in den früheren Übersetzungen ins Deutsche wurde jedoch überwiegend das Wort »Riese« gewählt. Für den vorliegenden Märchenband fiel die Entscheidung, die Übersetzung »Troll« zu verwenden. Das trifft zum einen eher die Bedeutung und zum anderen entspricht es dem heutigen Wortgebrauch in Island.

In den deutschen Quellen des 19. Jahrhunderts ist noch von Elben die Rede. Dies wurde dem heutigen Sprachgebrauch gemäß konsequent in Elfen umgeändert.

Als Herausgeber dieses Bandes möchte ich Brunhilde Noffke, der Programmleiterin für die Märchen des Königsfurt-Urania Verlags, und der Lektorin Claudia Lazar für ihre Begleitung, Anregungen und Korrekturen herzlich danken. Ein besonderer Dank gilt Rósa Þorsteinsdóttir vom Árni Magnússon Institut in der Háskóli Íslands, der Universität Islands. Als eine der Gralshüterinnen der mittelalterlichen Handschriften und mit ihrem so umfangreichen Forschen und Wissen über die isländischen Märchen war sie mir eine überaus große Unterstützung und Hilfe.

Es liegt in der Natur der Sache, dass man bei einer Auswahl wohl nie alles aufnehmen und zeigen kann, was man gerne möchte. Doch habe ich in diesem Buch versucht, die Leser mit einem möglichst großen Spektrum isländischer Volksmärchen bekanntzumachen, und hoffe, damit die Neugier nach mehr isländischen Märchen und Literatur geweckt zu haben.

Reykjavík/Sint-Oedenrode im Januar 2020
Alexander Schwarz

Von Elfen
und Menschen

Eva und ihre Kinder

Einmal kam der liebe Gott unerwartet zu Adam und Eva auf Besuch. Diese zeigten ihm alles, was sie hatten, zuletzt auch ihre Kinder. Dem lieben Gott schienen sie wohlgeraten. Er fragte jedoch Eva, ob dies alle ihre Kinder seien. Eva bejahte es, die Wahrheit war aber, dass sie einen Teil ihrer Kinder versteckt hielt. Denn sie hatte sie noch nicht gewaschen und schämte sich, sie dem lieben Gott so schmutzig zu zeigen. Doch der liebe Gott kannte den Sachverhalt und sagte über die von ihr versteckten Kinder: »Was vor mir verborgen sein soll, soll auch vor den Menschen verborgen werden.« Diese Kinder Evas wurden nun für das Menschengeschlecht unsichtbar und lebten künftig als Elfen in Hügeln, Höhlen und Felsen.

Die Augensalbe der Elfen

Die Frau eines Amtmannes auf Bustarfell im Vopnafjörður war gewöhnt, im Winter immer ihren Leuten ein Zeichen zu geben, wenn sie morgens aufstehen sollten. Eines Tages schläft sie länger wie gewöhnlich, wird aber auf den Wunsch ihres Mannes nicht geweckt, damit sie nicht in einem Traum vielleicht gestört werde. Endlich erwacht sie und erzählt, dass ein unbekannter Mann zu ihr gekommen sei und sie gebeten habe, seiner Frau bei ihrer Entbindung beizustehen. Der Mann sei darauf mit ihr zu einem ihr bekannten Felsen in der Nähe des Gehöftes gewandert. Dort sei er dreimal rund um ihn gegangen, und da sei der Felsen zu einem kleinen, aber hübschen Haus geworden. Drinnen habe eine Frau in schweren Nöten gelegen. Wenn diese nicht Hilfe von einem Menschen bekomme, so müsse sie sterben, habe der Mann zu ihr gesagt. Darauf sei sie ans Bett getreten und habe gesagt: »Der gute Herr Jesus helfe dir!« Kurze Zeit danach habe die Frau zur Freude aller denn auch ein Kind geboren. Eine alte Frau, die auch anwesend gewesen sei, habe jedoch nach ihrem Ausspruche das ganze Haus sorgfältig gereinigt. Während sie das Kind gewaschen habe, habe sie auch eine Salbe bekommen, um ihm diese ins Auge zu streichen. Ganz unbemerkt habe sie nachher auch von dieser Salbe ein wenig an ihr rechtes Auge gebracht, da sie diese Salbe für heilkräftig gehalten habe. Wie ihre Arbeit fertig gewesen sei, habe ihr die Wöchnerin zum Danke ein schönes Tuch geschenkt, und der Mann habe sie dann wieder nach Hause geführt.

Da nun die Frau tatsächlich das ihr geschenkte Tuch zum Vorschein bringt, ist in die Wahrheit ihrer Aussagen kein Zweifel zu setzen. Von dieser Zeit an bemerkt jedoch die Frau eine seltsame Veränderung mit ihrem rechten Auge. Sie vermag mit demselben jetzt alles das zu sehen, was ihr früher verborgen war. So bemerkt sie unter anderem, dass die scheinbaren Klippen und Hügel in der Nähe in Wahrheit Bauernhöfe sind und dass dort ein Volk genau auf dieselbe Weise lebt wie die Menschen. Nur sind diese Leute in Bezug auf das Wetter viel erfahrener, und infolgedessen richtet sich die Amtmannsfrau mit dem Trocknen und Einbringen des Heus genau nach ihren sonst unsichtbaren Nachbarn.

Einige Zeit danach geht sie einmal mit ihrem Mann in die Kaufstadt. Hier sieht sie, wie sich die Frau, der sie damals bei der Entbindung geholfen hatte, beim Kaufmann eine Menge schöner Waren zusammensucht, ohne dass sie und ihr Tun von den Leuten dort bemerkt werden kann. Sie geht auf die Elfin zu und begrüßt sie freundlich. Diese dreht sich aber wütend nach ihr um und speit ihr, ohne ein Wort zu sagen, in ihr rechtes Auge. Von diesem Augenblick an kann die Amtmannsfrau die Elfin nicht mehr sehen, ebenso sind auch die Wohnungen der Elfen und ihr Tun und Treiben für immer wieder vor ihren Augen verborgen.

Der Elfenkönig von Seley

Einst kann durch Unwetter erst im Herbst ein Teil der im Frühjahr gefangenen Fische von der Insel Seley heimgeholt werden. Der Knecht eines Pfarrers geht ein wenig von den andern fort, um zu sehen, ob das Meer nicht irgendetwas ans Land geworfen habe. Plötzlich wird die See so unruhig, dass die Leute, um sich vor dem Untergang zu retten, mit dem Schiff heimwärts rudern müssen und den Knecht allein auf der Insel zurücklassen. Dieser ist verzweifelt und sieht schon den sicheren Tod vor Augen. Da glaubt er in der Ferne schimmernde Sterne zu erblicken, doch wie er näher geht, sind es Gebäude von wahrhaft königlicher Pracht, aus deren Fenstern Lichter erglänzen. Er hört nun, wie drinnen jemand aufgefordert wird, zu dem armen Menschen, der auf der Insel zurückgelassen war, hinauszugehen und ihn hereinzuholen, damit er draußen nicht sterbe. Ein Mädchen führt ihn ins Haus, lässt ihn seinen beschneiten Mantel ablegen und leitet ihn dann in ein mit Gold und Edelsteinen geschmücktes Zimmer, in dem viele schöne, herrlich gekleidete Frauen versammelt sind. Er begrüßt alle, und sie danken ihm freundlich. Das schönste Mädchen von allen steht nun auf und bringt ihn in ein kleines, aber prächtiges Zimmer, wo sie ihm Wein und Speisen vorsetzt und überhaupt in jeder Weise für ihn sorgt. Hier lebt er nun bis Weihnachten. In der Weihnachtsnacht kommt das Mädchen zu ihm und sagt, wenn er glaube, ihr irgendwie Dank zu schulden, so solle er das jetzt beweisen. Am folgenden Tage würde ein Tanz abgehalten und sie müsse dann bei ihrem Vater sein, um dem Fest zuzuschauen. Nun müsse er ihr heilig geloben, nicht neugierig sein und zum Fenster hinaussehen zu wollen. Er verspricht es auch feierlich. Wie er am andern Tag jedoch Gesang und Harfenschlag hört, kann er der Versuchung nicht widerstehen und wirft einen Blick hinaus. Da sieht er eine große

Gesellschaft, die tanzt und auf allerhand Instrumenten musiziert. In ihrer Mitte sitzt ein Mann in königlichem Gewand mit der Krone auf dem Haupt. Neben ihm befinden sich zwei prächtig geschmückte Frauen, augenscheinlich die Gattin und die Tochter des Königs. In dem jungen Mädchen erkennt er sogleich seine Geliebte, und um nicht von ihr gesehen zu werden, verlässt er sofort das Fenster. Der Tanz dauert nun bis zum Abend. Nachher kommt das Mädchen schweigsamer als gewöhnlich zu ihm und macht ihm wegen seines Wortbruches Vorwürfe. Es sei nur gut, dass ihr Vater ihn wenigstens nicht entdeckt hätte.

Am Neujahrstag hält der König wieder einen Tanz ab, und wieder gelobt der Bursche der Königstochter, seine Neugier zu bezwingen. Es geht auch längere Zeit hindurch gut, bis er es endlich nicht mehr aushalten kann und einen Blick hinauswirft. Er sieht, dass nun alles noch viel prächtiger ist als das erste Mal, da am Tanze sich nun auch viele Ritter beteiligen. Am Abend macht die Geliebte ihm schwere Vorwürfe, verzeiht ihm aber schließlich. Ehe am ersten Ostertag zum dritten Male das Fest beginnt, beschwört sie ihn, ihr wenigstens diesmal treu zu sein. Denn wenn ihr Vater entdecke, dass sie einen Mann bei sich habe, so sei ihr Leben in Gefahr. Trotz dieser Warnung kann er sich auch jetzt nicht zurückhalten. Die Geliebte kommt am Abend in trüber Stimmung zu ihm und sagt, er habe sich als unzuverlässiger erwiesen, als sie je von ihm geglaubt habe – nun würde er sich gewiss weiter nicht bewähren.

Am letzten Wintertage sagt sie ihm, dass am andern Morgen seine Gefährten vom Festland zur Insel kommen würden, und er solle dann mit ihnen heimfahren. Wenn es ihm irgendwie von Wert sei, dass sie ihm den Winter hindurch das Leben erhalten habe, so solle er es künftig dadurch beweisen, dass er sich öffentlich als Vater des Kindes bekenne, mit dem sie nun durch ihn schwanger sei. Denn wenn ihr Kind nicht von ihm anerkannt würde, so lasse ihr Vater sie töten. Er gelobt es ihr feierlich und verlässt sie dann am andern Morgen, nachdem er ihr noch viele Male für ihre Wohltaten gedankt hat.

Wie seine Gefährten ihn sehen, halten sie ihn zuerst für ein Gespenst, und es bedarf langer Reden, bis sie sich überzeugt haben, dass er wirklich noch am Leben ist.

Gegen Ende des Sommers steht auf einmal eines Sonntags, als alle in der Kirche sind, eine Wiege mit einem Kinde vor dem Altar. Über die Wiege ist eine goldgestickte Decke gebreitet, von einem Menschen ist aber nichts bei ihr zu sehen mit Ausnahme von zwei schönen Frauenhänden, die auf dem Wiegenrand liegen. Der Pfarrer erklärt, das Kind solle gewiss getauft werden, und es sei sicherlich der Vater des Kindes unter den Anwesenden. Hierbei blickt er auf seinen Knecht und meint, dass es wohl sein Kind sein würde, das ihm von der Insel Seley zugesandt worden wäre. Doch der Bursche leugnet hartnäckig und will durchaus nichts mit dem Kind zu tun haben und verbietet dem Pfarrer, das Kind auf seinen Namen zu taufen. In demselben Augenblick verschwindet die Wiege, ein lautes Schluchzen wird hörbar, und jemand scheint sich weinend aus der Kirche zu entfernen und dem Meer zuzuwandern.

Einige Zeit darauf verfällt der Knecht in Schwermut, und sein Leben hindurch bereut er seine Treulosigkeit gegen die Tochter des Elfenkönigs von Seley.

Die mit einem Elfen verheiratete Pfarrerstochter

Ein Pfarrer irgendwo hatte eine heiratsfähige Tochter. Einmal war die Rede von den Unsichtbaren Leuten oder Elfen. Da sagte die Pfarrerstochter: »Das gälte mir gleich, ob ich einen Elfenmann bekäm, wär's nur ein hübscher Kerl!« Der Pfarrer gab seiner Tochter eins auf den Mund und sagte, sie rede Unsinn.

Kurz danach sah ein Kind des Pfarrhofs einen Mann an die Haustür reiten, absteigen, hineingehen und die Pfarrerstochter bei der Hand nehmen, sie hinausführen, auf das Pferd setzen und mit ihr davonreiten. Sie wurde dann an allen nur erdenkbaren Orten gesucht, aber nirgends gefunden.

Dann wird erzählt, wie drei Winter später der Schafhirt, der schon lange beim Pfarrer war und der die Tochter ins Herz geschlossen hatte, sich mit der ganzen Herde verirrte, in ein Schneegestöber kam und alle Schafe verlor. Er selbst kam schließlich an eine Bauernhoftür, die er nur undeutlich erkannte. Ein starker Mann stand vorn an der Tür und bot ihm Quartier an. Der Knecht sagte, er wolle es nehmen, jammerte aber sehr über die verlorenen Schafe. Der Bauer meinte: »Die werden sich schon wiederfinden«, und führte den Gast hinauf in die geheizte Wohnstube. Dort sah er einen alten Mann und eine alte Frau und zwei Kinder, die auf dem Boden spielten. Dann erblickte er auch die Pfarrerstochter, und sie schien ihm die Frau des Bauern, der ihm das Quartier geboten hatte, zu sein. Er wurde aufs Beste bewirtet und zuletzt in den Hausraum unter der Wohnstube geführt.

Dort kam die Pfarrerstochter zu ihm und bat ihn, sie nicht zu verraten und ihrer Mutter einige Schmucksachen in einem ledernen Beutel zu überbringen und ihr zu sagen, dass sie hier jeden Abend ihre Gebete sprechen dürfe.

Da fragte sie der Knecht: »Kommst du denn auch jemals in die Kirche?«

Sie sagte: »Ja, da komme ich ebenso oft hin wie du selbst.« Sie habe da den vordersten Platz an der Kanzel, und ihr Mann sitze zunächst dem Altare.

Da fragte der Schafhirt: »Wie ist dies denn möglich, da dich doch keiner bemerkt.«

»Das kommt daher, dass wir immer schon vor dem Segen die Kirche verlassen.«

Indessen bat sie inständigst, dies alles niemandem zu sagen und nur der Mutter den Beutel zu geben, sonst würde er großes Unglück davon haben.

Er versprach dies, und am Morgen brachte ihm der Bauer all sein Vieh zurück, das er in der Nacht zum Heu hineingetrieben hatte. Auf Irrwegen kam der Knecht mit seinen Schafen wieder heim, doch war der Weg diesmal nicht sehr weit. Aber er hielt da sein Versprechen nicht besser, als dass er alles sofort haarklein erzählte, was er auf seiner Fahrt erfahren hatte. Der Pfarrer aber fasste den Entschluss, seine Gemeinde zu warnen, dass sie sich nicht wundern möchte, wenn er am nächsten Sonntag den Segen eher spräche als gewöhnlich. Denn er wollte auf diese Weise versuchen, seine Tochter wiederzugewinnen. Es wird berichtet, dass ihm dies auch geglückt sei, aber auf ihre innigen Bitten hin habe er sie wieder loslassen müssen, da sie sagte, es würde nur schlimmes Unheil daraus entstehen. Auch sei ihr Mann zu ihr so freundlich, dass es ihr der größte Schmerz sein würde, seine Liebe zu missen. Der Schafhirt aber soll ein sehr unglücklicher Mensch geworden sein.

Der Wunschstein vom Tindastóll

Einstmals war ein Mädchen im Gebirge Tindastóll unterwegs und fand einen schönen Stein. Sie dachte gerade bei sich, dass sie gern zu dem besten Festmahl, dass in der Welt gehalten werde, hin versetzt sein möchte. Da ward sie plötzlich in die Luft hinaus entrückt und ehe sie sich dessen versah, stand sie in einer prächtigen Halle. Einen solchen Glanz hatte sie sich niemals träumen lassen. Dort reichte ihr ein Mann einen goldenen Becher. Sie nahm den Becher, war aber von allem, was sie umgab, so in Angst versetzt, dass sie wünschte, sie wäre wieder im Tindastóll auf der nämlichen Stelle wie zuvor, und das geschah. Darauf schleuderte sie den Stein von sich und sagte, er solle sie nicht öfter irreleiten, und ging dann mit dem Becher nach Hause. Den goldenen Becher fanden alle außerordentlich kostbar und man brachte ihn dem Pfarrer. Dieser aber sagte, er wisse nicht, was damit anzufangen sei. Der Becher wurde nun dem König geschickt und der gab dem Mädchen drei Güter im Distrikt Skagafjörður dafür.

Der Ernteknecht

Einmal zog ein junger Mann vom Südland nach dem Nordland, um bei der Erntearbeit zu helfen. Plötzlich überfiel ihn dichter Nebel und er verirrte sich. Es trat große Kälte ein und es fing an zu schneien, sodass der Mann nicht weiterkonnte und sich ein Zelt aufschlug. Als er eben von seinem Reisevorrat zu essen begann, kam ein verwahrloster, verhungerter roter Hund in sein Zelt. Der Südländer war erstaunt, plötzlich so unerwartet einen Hund zu sehen an einem Ort, wo er gar nicht erwartet hatte, ein Tier zu Gesicht zu bekommen.

Der Hund war so hässlich und merkwürdig, dass ihm etwas bange wurde, aber trotzdem gab er ihm so viel zu fressen, wie er wollte. Der Hund fraß gierig und lief dann hinaus in Nacht und Nebel. Als der Südländer gegessen hatte, legte er sich schlafen.

Er träumte, eine Frau komme zu ihm ins Zelt und sage, sie danke ihm ihrer Tochter wegen und belohne ihn für seine Freundlichkeit und Freigebigkeit mit einer alten Sense, die gleich gut schneide, wohin sie auch immer treffe. Aber er dürfe sie nie im Feuer glühen, sondern nur an einem Stein wetzen.

Als er aufwachte, stand die Sonne hoch am Himmel und der Nebel war verschwunden. Er packte alles zusammen, aber als er seinen Sattel aufhob, auf dem er geschlafen hatte, fand er darunter eine halb abgenutzte Sense mit Rostflecken. Da besann er sich auf seinen Traum, verwahrte die Sense und zog weiter. Alles ging gut, er fand den Weg bald und ging nun bewohnten Gegenden zu.

Als er aber nach dem Nordland kam, da hatten schon alle ihre Ernteleute gedungen.

Da hörte er von einer Frau, die noch keinen Ernteknecht angenommen hätte. Sie war reich und nahm gewöhnlich keine Ernteleute. Sie begann in der Regel ihr Heu ein oder zwei Wochen nach den andern zu mähen und doch war sie meist ebenso schnell fertig wie die Übrigen mit ihrem Heimacker. Wenn sie aber wirklich mal einen Knecht in Dienst genommen hatte, dann behielt sie ihn nie länger als eine Woche und gab ihm keinen Lohn.

Man erzählte ihm von der Frau, wie sie war, aber da er nirgends anderswo Arbeit finden konnte, ging er dorthin und bot sich an, ihr das Heu zu mähen. Sie war freundlich zu ihm und sagte, er könne eine Woche dableiben. »Aber Lohn gebe ich dir nicht«, sagte sie, »es müsste denn sein, du hast so viel Heu gemäht, dass ich am Sonnabend nicht alles zusammenharken kann.« Das schien ihm eine ganz gute Vereinbarung und er machte sich an die Arbeit.

Er nahm nun die Sense, die ihm die Elfenfrau geschenkt hatte, und er fand, sie schnitt gut. Er brauchte sie nie zu schärfen und so mähte er ununterbrochen fünf Tage lang.

Es gefiel ihm dort und die Frau war gut zu ihm. Einmal kam er in die Schmiede und dort sah er eine ungezählte Menge Sensenschäfte, Harken und Sensen. Er wunderte sich und fand, die Frau habe nicht gerade Mangel an Erntegerät.

Als er sich am Freitag zu Bett gelegt hatte, da träumte ihm, die Elfenfrau komme wieder zu ihm und sage: »Viel Heu hast du schon gemäht, aber deine Herrin wird nicht viel Zeit brauchen, um es zusammenzuharken, und dann jagt sie dich fort, wenn sie dich morgen überholt. Darum geh in die Schmiede, wenn du denkst, dass das Heu, was du gemäht hast, nicht ausreicht, und nimm so viele Sensenschäfte, wie du für gut hältst, befestige Sensen daran, trage sie aufs Feld und sieh zu, wie es dann geht.«

Dann ging die Elfenfrau fort, der Ernteknecht wachte auf und fing an zu mähen. Am Morgen kam die Herrin hinaus mit fünf Harken. Sie sagte: »Viel Heu hast du gemäht, viel mehr, als ich geglaubt hätte.«

Dann legte sie die Harken hier und dort auf die Wiese und fing selbst an zu harken. Da sah der Ernteknecht, dass sie viel Heu zusammenharken konnte, und die anderen Harken brachten nicht weniger zusammen, trotzdem er keinen Menschen bei ihnen sah.

Als die Mittagszeit näherrückte und er sah, dass das gemähte Heu nicht ausreichen würde, da ging er in die Schmiede und holte einige Sensenschäfte und befestigte Sensen daran. Dann ging er wieder hinaus und verteilte diese Sensen auf der ungemähten Wiese und alle fingen an zu mähen und augenblicklich wurde der Fleck größer. Das ging nun den ganzen Tag so und das gemähte Heu reichte aus. Abends aber ging die Frau nach Hause und nahm ihre Harken mit. Sie bat den Ernteknecht, er möchte mitkommen, und sagte, sie sei zufrieden mit ihm und er könne bei ihr bleiben, solange er wolle.

Und er blieb und sie kamen gut miteinander aus. Sie ernteten viel Heu und nach der Ernte gab sie ihm einen sehr großen Lohn und damit zog er nach dem Südlande.

Im nächsten Sommer, und immer zur Erntezeit, nahm er Dienst bei ihr. Dann übernahm er selbst einen Hof auf dem Südlande und war ein tüchtiger Mann, geschickt in allem, und ein flinker Seemann. Sein Heu mähte er immer allein und nahm dazu nie eine andere Sense als die, welche ihm die Elfenfrau geschenkt hatte, und trotzdem wurde er mit seinem Heimacker ebenso schnell fertig wie andere Leute.

An einem Sommertag ruderte er zum Fischen hinaus, da kam sein Nachbar zu seiner Frau wegen einer Sense, denn seine Sense hätte er zerbrochen und wisse sich nun nicht zu helfen. Da suchte die Frau nach und fand keine andere als nur die gute alte Sense. Die gab sie dem Bauern, sagte aber, er dürfe sie nicht im Feuer glühen. Das versprach er auch und ging heim.

Er konnte aber keinen einzigen Strohhalm schneiden mit der Sense. Da wurde er böse und fing an, sie zu wetzen, und als auch das nichts half, ging er in die Schmiede und fing an, sie zu hämmern, und wollte sie auch im Feuer glühen. Aber sowie sie ins Feuer kam, schmolz sie wie Wachs und wurde zu lauter Eisenschlacke. Da ging er zur Frau und erzählte ihr das. Nun geriet sie in Angst vor ihrem Mann, weil sie wusste, dass er sehr zornig sein würde. Und das war er auch, aber man hörte nicht, dass er sich sehr lange darüber geärgert hätte. Er gab seiner Frau eine Tracht Prügel und das war das erste und das letzte Mal, dass sie welche bekam.

»Das Weib möcht etwas haben für den Knopf«

Es lebte einmal ein alter Mann mit seinem alten Weibe in einer armseligen Hütte. Sie waren so arm, dass sie kein Ding von Wert zu eigen hatten außer einem goldenen Knopf, der sich auf der Spindel des Weibes befand.

Es war die Gewohnheit des Mannes, jeden Tag entweder zu jagen oder zu fischen, um den nötigen Lebensunterhalt für sie beide zu verschaffen.

Nicht weit von der Hütte befand sich ein großer Hügel, von dem die Leute glaubten, dass sich darin ein Elfenmann aufhalte, den man Kidhus nannte, und vor dem man sich gut in Acht nehmen müsse.

Einmal ging der Mann, wie gewöhnlich, auf die Jagd, das Weib aber saß ihrer Gewohnheit gemäß daheim. Da an diesem Tage schönes Wetter war, setzte sie sich mit ihrer Spindel ins Freie und spann eine Zeit lang daran. Da geschah es, dass der goldene Knopf von der Spindel fiel und so weit fortrollte, dass das Weib ihn aus den Augen verlor. Sie war darüber sehr unglücklich und suchte überall. Aber es war alles umsonst, sie konnte den Knopf nirgends finden.

Als der Mann heimkam, erzählte sie ihm ihr Unglück. Der meinte, dass wohl Kidhus den Knopf genommen habe. Es sehe ihm dies ganz ähnlich. Der Mann machte sich wieder auf, um fortzugehen, und sagte zu seinem Weibe, dass er zu Kidhus gehen und den Knopf zurückverlangen oder etwas anderes dafür begehren wolle. Das Weib machte große Augen, als es dies hörte.

Der Mann aber ging fort und geraden Weges zum Hügel, in dem Kidhus wohnte. Er klopfte lange und laut mit einem dicken Stock an den Hügel.

Endlich sagte Kidhus: »Wer klopft an mein Haus?«

Der Alte antwortete:

»Der alte Mann ist's, der arme Tropf,
mein Weib möcht' etwas haben für den Knopf.«

Kidhus fragte, was er für den Knopf haben wolle. Der Mann bat ihn um eine Kuh, die zehn Maß Milch auf einmal gebe, und diese Bitte erfüllte ihm Kidhus auch. Hierauf brachte er die Kuh zu seinem Weib.

Tags darauf, als das Weib die Kuh des Morgens und Abends gemolken und alle ihre Kübel mit Milch gefüllt hatte, bekam sie Lust, einen Brei zu bereiten. Da erinnerte sie sich aber, dass sie kein Mehl zum Brei habe. Sie ging zu ihrem Manne und sagte ihm, er möge wieder zu Kidhus gehen und ihn um Mehl bitten. Der Mann begab sich abermals zu Kidhus und klopfte wie früher mit dem Stock an den Hügel.

Da sagte Kidhus: »Wer klopft an mein Haus?«

Der Alte antwortete:

»Der alte Mann ist's, der arme Tropf,
mein Weib möcht' etwas haben für den Knopf.«

Kidhus fragte ihn, was er haben wolle. Der Mann bat ihn, er möge ihm etwas Mehl in den Topf geben, da sein Weib gerne ein wenig Brei kochen wolle. Kidhus gab dem Mann eine Tonne voll Mehl, die er nach Hause brachte, und sein Weib bereitete den Brei.

Als der Brei gekocht war, setzten sie sich dazu, der Mann und das Weib, und aßen davon. Als sie sich satt gegessen hatten, war noch eine Menge übrig in der Schüssel. Da begannen sie nachzudenken, was sie mit dem Übriggebliebenen anfangen sollten. Es schien ihnen am besten, den Brei der Heiligen Jungfrau Maria zu bringen. Aber sie sahen bald ein, dass es keine leichte Sache sei, da hinauf zu laufen, wo sie war. Sie beschlossen daher, Kidhus um eine Leiter zu bitten, die bis in den Himmel reiche, und meinten, dass dies nicht zu viel verlangt sei für den Knopf.

Der Alte ging wieder fort und klopfte bei Kidhus an den Hügel.

Kidhus fragte wie früher: »Wer klopft an mein Haus?«
Der Mann antwortete wieder:

»Der alte Mann ist's, der arme Tropf,
mein Weib möcht' etwas haben für den Knopf.«

Nun wurde Kidhus aufgebracht und sagte: »Ist denn der mistige Knopf noch immer nicht bezahlt?«

Der Mann aber bat ihn nur umso dringender und sagte, dass er seiner Heiligen Maria die Überreste des Breies bringen wolle.

Kidhus ließ sich endlich bewegen, gab ihm die Leiter und richtete sie für ihn auf. Der Mann war darüber sehr erfreut und kehrte mit dem Bescheid heim zu seinem Weib.

Sie machten sich schnell reisefertig und nahmen die Breischüsseln mit. Als sie aber ein gutes Stück auf der Leiter emporgestiegen waren, wurden sie vom Schwindel erfasst. Sie verloren das Gleichgewicht, sodass sie von der Leiter herabfielen und sich im Sturz die Köpfe zerschlugen.

Das Gehirn und der Brei flogen in die ganze Welt hinaus. Wo aber die Gehirnteile der beiden Leute auf die Steine niederfielen, bekamen diese weiße Flecken, und wo die Breiklümpchen auf dieselben fielen, entstanden gelbe Flecken. Noch heutzutage kann man diese zwei Arten von Flecken auf den Steinen sehen.

Una, das Elfenmädchen

Geir hieß ein Mann, der wohnte zu Rauðafell und hatte dort einen guten Hof. Er war jung und hatte erst kürzlich seine Frau verloren. Einmal als seine Leute beim Heuen waren, sah er, wie ein junges, hübsches Weibsbild kam, und ohne ein Wort mit den Leuten zu sprechen, half sie bei der Arbeit mit, und diese ging sogleich flink vonstatten. Den nächsten Tag kam sie auch, und so ging es den ganzen Sommer hindurch. Niemals sprach sie ein Wort, und niemand wusste, woher sie kam und wohin sie ging. Aber schließlich ging der Bauer zu ihr hin, grüßte sie und dankte ihr für ihre Arbeit. Sie nahm es wohl auf. Sie sprachen lange zusammen, und es kam so, dass der Bauer ihr anbot, bei ihm Haushälterin zu sein. Dann verschwand sie. Aber am nächsten Morgen kam sie wieder und hatte nur eine große Truhe bei sich. Die Truhe ward in das Frauengemach gestellt. Das Mädchen nahm den Haushalt an sich, war flink, stand ihm trefflich vor und gefiel dem Bauern wohl. Aber sie wollte ihm nicht sagen, woher sie kam und sagte nur, dass sie Una heiße. Niemals ging sie zur Kirche, wie sehr auch der Bauer ihr zuredete. Das war das Einzige, was ihm nicht an ihr gefiel, denn er war ein frommer Mann.

Der Winter ging vorbei bis zum Weihnachtsfeste. Da gingen die Leute zum Abendgesang. Una wollte nicht mitgehen, sondern blieb allein zu Hause. Als die Kirchgänger am Morgen heimkamen, fanden sie sie fertig zu ihrer gewöhnlichen Arbeit.

So blieb Una drei Jahre bei dem Bauern, und sie wurde ihm sehr lieb. Nur das eine grämte ihn sehr, dass sie nicht zur Kirche ging. Über ihre Herkunft hatten die Leute verschiedene Ansichten, aber darüber waren sie alle einig, dass sonst kein so tüchtiges Frauenzimmer in dem ganzen Bezirk wäre wie Una. Nun kam das dritte Weihnachten heran, und Una blieb wieder daheim. Aber wie die Kirchgänger eben aufgebrochen waren, da wurde zufällig einem

Knecht übel. Erst legte er sich nieder, aber schließlich ging er wieder zum Gehöft. Da sieht er, wie Una das Gehöft fegt und reinigt und sich mächtig mit der Arbeit beeilt. Er verbarg sich, sodass sie ihn nicht bemerkte. Als sie mit aller Arbeit fertig war, ging sie in das Frauengemach und schloss die Truhe auf. Da nahm sie ein wunderschönes Kleid heraus und zog es an. Der Knecht meinte, niemals ein so schönes Frauenzimmer gesehen zu haben. Auch zog sie eine rote Decke aus der Truhe hervor und nahm sie unter den Arm. Dann schloss sie die Truhe, ging hinaus, schloss auch das Frauengemach, lief über den Anger und der Knecht ihr nach. Sie stand nicht eher still, als bis sie an ein kleines Moor gekommen war. Dort breitete sie die rote Decke aus und stellte sich darauf. Der Knecht kam mit genauer Not noch auf einen Zipfel der Decke.

Sogleich sanken sie in die Erde hinab, und das war wie Rauch, als sie da fuhren. Una bemerkte den Mann nicht, und so kamen sie auf einen grünen Anger. Da nahm Una das Tuch unter den Arm. Der Knecht erblickte ein prächtiges Gehöft auf dem Anger, dahin ging Una – und er hinterher. Dort war eine große Schar von Leuten, die kamen ihr entgegen und fassten sie bei den Händen. Ein schönes, prächtiges Mahl war bereitet. Die Leute setzten sich nieder, und Speise wurde aufgetragen: verschiedene Gerichte und Wein, und alles sehr üppig. Der Knecht erwischte ein Rippenstück von gedörrtem Schaffleisch. So fett hatte er in seinem ganzen Leben noch keins gesehen.

Nach dem Mahle wurden verschiedene Spiele gespielt, alles kunstvoll und schön. Aber gegen Morgen sagte Una, dass sie nun heimfahren müsse, denn bald käme der Bauer von der Kirche. Sie verabschiedete sich von allen mit großer Freundlichkeit und lief weg. Der Knecht lief hinter ihr her und mit auf die Decke. So kamen sie auf die Erde, zu dem Moor.

Una nahm das Tuch und ging heim in die Kammer, schloss Kleid und Decke ein und ging in den Hof. Der Knecht immer hinter ihr her, aber dann legte er sich nieder.

Da kam der Bauer aus der Kirche und fragte den Knecht, wie es ihm ginge. Der sagt, schon um vieles besser. Una empfing sie wohl und man setzte sich zu Tisch. Es gab auch hier Dörrfleisch nach des Landes Brauch. Da nahm der Bauer eine große Schafseite und sagte: »Hat eins von euch schon mal eine so große Schafseite gesehen?« »Kann schon sein«, sagte der Knecht und zeigte das Rippenstück vor, das er in der Nacht erwischt hatte. Als aber Una das sah, verfärbte sie sich und lief schweigend fort, und niemand hat sie je wiedergesehen. Der Knecht aber erzählte, wohin er mit Una gereist war.

Der Wechselbalg

Auf einem Bauernhof ist einst die Frau mit ihrem dreijährigen Knaben allein zu Hause. Da sie den Milchtrog draußen im Bach auswaschen muss, setzt sie das Kind solange in der Haustüre nieder. Wie sie nach kurzer Zeit wiederkommt, schreit das Kind und stellt sich so ungebärdig wie nie zuvor. Während es vorher schon gut sprechen konnte, vermag es von jetzt an kein Wort mehr hervorzubringen. Dazu ist es auf einmal in allem dumm und ungeschickt, und auch im Wachstum geht es nicht mehr vorwärts. Die Mutter, die vorher auf ihren klugen, gutgearteten Knaben so stolz war, ist unglücklich über diese traurige Veränderung ihres Kindes und sucht bei einer vielkundigen Nachbarin Hilfe. Auf deren Rat bindet sie eines Tages eine Menge Schäfte aneinander, sodass das eine Ende bis zum Küchenschornstein reicht, während das andere Ende, an dem ein Quirl befestigt ist, in einem kleinen Henkeltopf steht, der sich auf dem Fußboden der Küche befindet. Nachdem sie diese Vorbereitungen beendet hat, bringt sie das Kind hinein und versteckt sich, um es zu beobachten. Sowie der Kleine sich allein glaubt, watschelt er um den Topf herum und sagt: »Nun bin ich doch so alt, wie man an meinem Barte sehen kann, im Elfenreich ein Vater von achtzehn Kindern, und doch habe ich noch nie eine so lange Stange in einem so kleinen Topf gesehen.« Nach dieser Rede weiß die Mutter, dass dieses Kind ein Wechselbalg ist. Sie kommt sofort in die Küche und schlägt ihn aus Leibeskräften. Er schreit furchtbar. Darauf tritt nach kurzer Zeit eine unbekannte Frau in die Küche mit einem schönen Knaben auf dem Arm und sagt zu ihr: »Wir handeln ungleich. Ich lulle dein Kind ein, aber du schlägst meinen Mann.« Hierauf setzt sie das Kind der Bäuerin auf den Boden, nimmt den Wechselbalg und verschwindet mit ihm.

Das Märchen von der Frau, die einer Elfe Milch gab

Es war einmal eine Frau, die auf einem Bauernhof lebte und zwei Töchter hatte. Eines Nachts träumt sie davon, dass eine Frau zu ihr kommen und behaupten würde, dass sie ihre Nachbarin sei und sie sie bitte, ihr mit etwas Milch auszuhelfen. Ihre Kuh gäbe keine Milch, und sie habe ein kleines Kind.

Sie sagt außerdem, dass die Bäuerin die Holzkannen im Vorratsregal stehen lassen solle. Die Frau lässt die Holzkannen im Vorratsregal stehen und füllt sie jeden Morgen mit Milch.

Der Sommer geht vorüber und dann träumt die Bäuerin, dass die Frau ihr sagt, dass sie ab jetzt keine Milch mehr benötigen würde. Sie sagt außerdem, dass das, was auf dem Vorratsregal liege, jetzt ihr gehöre. Dort befindet sich ein schöner Ring, den die Frau sich sogleich an ihren Finger steckt.

So vergehen einige Jahre und als die Bäuerin auf ihrem Sterbebett liegt und stirbt, nehmen sie ihr den Ring ab. Ihre beiden Töchter möchten beide den Ring haben. Aber dann verschwindet der Ring plötzlich und tauchte nie wieder auf. Man vermutet, dass die Elfenfrau wusste, was sich dort ereignete, und dass sie den Ring zu sich zurückgeholt hat. Und so verhält es sich.

Snotra

In grauer Vorzeit kommt einmal eine vornehme Frau, von der niemand weiß, woher sie stammt, nach Nes im Borgarfjörður und lässt sich hier nieder. Sie wird Eigentümerin eines prächtigen Bauerngutes, zu dessen Bewirtschaftung sie einen Verwalter mietet. Diesem stellt sie die Bedingung, dass er ihr nach Weihnachten sagen müsse, wo sie während der Festtage gewesen sei. Könne er das, so verspreche sie ihm hohen Lohn. Könne er das aber nicht, so koste es sein Leben. So verging die Zeit bis Heiligabend, als Snotra von niemandem bemerkt den Hof verlässt.

Nach dem Weihnachtsfest kehrte Snotra zurück und fragte ihren Verwalter, ob er ihr sagen könne, wo sie in der Weihnachtszeit gewesen war. Der aber wusste nichts zu sagen und verschwand kurze Zeit später spurlos. So erging es auch dem zweiten und dritten Verwalter des Hofes.

Einige Zeit später kam ein neuer Verwalter nach Nes. Snotra stellte ihn unter den gleichen Bedingungen wie seine Vorgänger an.

Wieder wird es Heiligabend und verlässt Snotra nach Sonnenuntergang unbemerkt den Hof. Die Knechte schliefen, aber der Verwalter war wach und folgt seiner Herrin Snotra, wie sie nach Sonnenuntergang das Gehöft verlässt. Er schleicht hinter ihr her und sieht, wie sie zum Seestrand geht und ein Paket, das sie unter dem Arm trug, öffnet. Sie nimmt einen Schleier heraus und zieht ihn sich über den Kopf. Dem Verwalter, den sie bemerkt, reicht sie schweigend einen ebensolchen Schleier. Dann stürzt sie sich ins Wasser, und der Verwalter folgt kühn ihrem Beispiel. Sie gelangen an einen abgelegenen Ort und Snotra nimmt ihren Schleier ab. Der Hofverwalter tut es ihr nach und schleicht hinter ihr her. Sie befinden sich in einem wunderschönen Land, das, soweit das Auge reichte, mit Pflanzen und Obstbäumen bewachsen war. Sie durchwandern das Land, bis sie zu einer prächtigen

Burg kommen. Snotra weist hier ihrem Gefährten durch Zeichen seinen Aufenthalt in einem Nebengebäude an, von wo er durch ein Fenster beobachten kann, dass ein König mit seinem Hofstaat in einem Prunksaal versammelt ist und dass Snotra königlich geschmückt neben ihm den Hochsitz einnimmt. Im Saal herrscht Abend für Abend Lust und Fröhlichkeit, Tanz und Musik. Dem Verwalter wird täglich durch eine junge Frau Speise gebracht, sonst kümmert sich niemand um ihn. Am letzten Abend sieht er, wie einige Männer den Saal betreten und dem König berichten, dass die einzige Kuh des Ortes zwei Kälber geboren hat, eines davon aber gestorben ist. Zwei Frauen hatten den Auftrag, sich um die Kuh zu kümmern. Diese beschuldigen sich nun gegenseitig, für den Tod des Kalbes verantwortlich zu sein. Ein heftiger Streit entbrannte, sodass der König über die Streitenden wütend wird und vor Zorn sich kaum zu lassen weiß.

Als sich das Weihnachtsfest dem Ende zuneigt, beobachtet der Verwalter, wie Snotra sich von den Ihrigen verabschiedet, der König sie, gefolgt von Musikanten, an der Hand aus dem Saal hinausführt und sich in großer Trauer von ihr verabschiedet. Snotra geht an die Stelle am Ufer, an der ihr Schleier liegt, wirft ihn sich über den Kopf und verschwindet im Meer. Der Verwalter tut es ihr nach und folgt ihr. So gelangen sie wieder ans Ufer bei Nes und legen dort ihre Schleier ab. Snotra geht, ohne auch nur ein Wort zu sagen, ins Hauptgebäude. Der Hofverwalter aber ging in seine Kammer und schlief bis zum nächsten Morgen.

Am nächsten Morgen standen die Knechte wie gewöhnlich früh auf. Der Hofverwalter aber blieb noch liegen. Da tritt die Herrin vor sein Bett und fragt ihn, ob er ihr sagen könne, wo sie die Weihnachtstage zugebracht habe. Er behauptet zuerst, das nicht zu wissen, fügt dann aber folgenden Vers hinzu:

»Es zankten sich zwei über ein totes Kalb,
Frau Königin, das weißt du selbst.
Scheußlich war das Wortgezänk,
sehr böse wurde sogar der König.«

»Hab' großen Dank«, antwortete Snotra, »du hast mich dadurch eines Fluches befreit. Ich wurde von meinem Mann fortgejagt und durfte nur zum Weihnachtsfest mit ihm sein, solange, bis ich jemanden finden werde, der mir sagen kann, wo ich dann war. So ist es dir gelungen, mich zu erlösen. Dafür übergebe ich dir meinen Hof und mein Land und du sollst ein glücklicher Mann werden.«

Von Menschen und Tieren

Ullarvindill

Es waren einmal ein König und eine Königin in ihrem Reich. Sie hatten eine Tochter, die Ingibjörg hieß.

Es lebte auch ein alter Mann mit seinem alten Weib in einer armseligen Hütte. Diese hatten einen Sohn, der Ullarvindill hieß, was soviel heißt wie Wollschlingel.

Der König liebte seine Tochter über alles und meinte, keinen Mann finden zu können, der ihr ebenbürtig wäre. Um die Freier abzuschrecken, ließ er verkünden, dass er seine Tochter nur demjenigen zum Weibe geben werde, der einen Sack mit Worten anfüllen könne.

Da wagte es niemand, um die Königstochter zu freien, denn keiner wusste, wie man einen Sack mit Worten anfüllen könne.

Der Häuslerssohn in der armseligen Hütte hatte gleich den anderen von der Kundmachung des Königs gehört. Er ging eines Tages zu seiner alten Mutter und bat sie, ihm ihre Schere und ihre Nadel zu borgen.

Sie fragte ihn: »Was willst du denn damit tun?«

»Ich will damit in das Königreich gehen und sehen, ob nicht die Königin und die Königstochter diese Dinge haben möchten«, gab er zur Antwort.

Die Mutter lächelte über das Vorhaben ihres Sohnes und gab ihm die Schere und die Nadel. Hierauf ging Ullarvindill zu dem Vater und bat ihn, er möge ihm seine Axt borgen.

Der Alte fragte: »Was willst du denn damit beginnen?«

»Ich will sie dem König geben«, erwiderte der Sohn.

Der Vater gab ihm die Axt und Ullarvindill wanderte nun mit den drei Gegenständen in das Königreich. Er kam in den Turm der Königstochter und sah, dass diese nähte. Er schaute ihr eine kurze Weile zu, dann sagte er:

»Meine Mutter macht es nicht so, wenn sie näht.«

»Wie macht es denn deine Mutter, wenn sie näht?«, fragte die Königstochter.

»Sie legt nur die Nadel hin, dann näht diese von selbst«, sagte er.

»Verschaffe mir dann die Nadel, armer Teufel!«, sagte darauf die Königstochter.

»Was bekomme ich dafür?«, fragte Ullarvindill.

»Was willst du?«, entgegnete sie.

»Bei dir schlafen«, antwortete er.

»Entferne dich von hier!«, rief die Königstochter.

»Ja, ja«, sagte Ullarvindill, »ich muss schon meine Nadel selbst behalten. Es liegt mir wenig daran, ob ich sie loswerde oder nicht.«

»Wohlan, denn! Komm hierher!«, sagte die Königstochter und gewährte ihm, was er verlangte.

Er gab ihr hierauf die Nadel. Sodann ging er zu der Königin. Dieselbe war eben damit beschäftigt, Kleider zuzuschneiden.

»Meine Mutter macht es nicht so, wenn sie zuschneidet«, sagte er.

»Wie macht sie es denn?«, fragte die Königin.

»Sie legt nur die Schere darauf und die schneidet dann von selbst zu.«

»Verschaffe mir dann die Schere, armer Teufel!«, sagte die Königin.

»Was bekomme ich dafür?«, fragte Ullarvindill.

»Was du verlangst«, sagte die Königin.

»Ich verlange nichts anderes, als dass du mich bei dir schlafen lässt«, sagte er.

»Das wird nie geschehen«, rief die Königin entrüstet.

»Gut, so werde ich meine Schere selbst behalten«, antwortete er darauf. »Es liegt mir wenig daran, ob ich sie loswerde oder nicht.«

»Wohlan denn!«, sagte die Königin. »Es darf aber niemand wissen, dass ich dir dies gewährt habe, du Schlingel!«

Hierauf gab er ihr die Schere. Von der Königin weg begab er sich in den Wald, wo der König Holz fällte. Er schaute dem König eine Weile zu und sagte dann:

»Mein Vater macht es nicht so, wenn er Holz fällt.«

»Wie macht er es denn?«, fragte der König.

»Er legt die Axt nur an, und dann haut sie von selbst«, sagte Ullarvindill.

»Verschaffe mir dann diese Axt!«, sagte der König.

»Was bekomme ich dafür?«, fragte jener.

»Sag mir, was du willst«, entgegnete der König.

»Ich will nichts anderes, als dass du die Krone abnimmst und mir den bloßen Hintern küsst«, sagte Ullarvindill.

»Das wird niemals geschehen«, sagte der König.

»Ja, ja«, sagte jener, »das ist nichts für mich. Ich muss schon meine Axt selber behalten. Es liegt mir wenig daran, ob ich sie loswerde oder nicht.«

Hierauf stellte er sich, als ob er fortgehen wollte. Da rief ihn der König zurück und sagte:

»Höre, du Schelm! Ich werde deshalb nicht schlechter, wenn ich auch tue, was du sagst, falls du mir die Axt gibst. Wir zwei sind ja hier ganz allein. Aber es darf niemand etwas davon erfahren.«

Der König tat nun, was Ullarvindill von ihm verlangt hatte, und dieser gab ihm die Axt. Hierauf begab sich der Häuslerssohn heim in die Hütte und erzählte seinen Eltern alles, was er den Tag über getan und erlebt hatte. Er bat sie sodann, am nächsten Morgen mit ihm in das Königreich zu gehen, und lehrte sie, was sie zu ihm sagen sollten, wenn sie dahin gekommen wären. Er, sagte er, werde darauf antworten, wie er wolle.

Am nächsten Tage gingen sie alle drei in das Königreich.

Sie traten aber erst in die Halle ein, als bereits der König, die Königin, die Königstochter und alle Hofleute darin versammelt waren und bei Tische saßen. Zuerst standen sie in einiger Entfernung schweigend da. Bald aber rief die Mutter Ullarvindills mit lauter Stimme:

»Ullarvindill, mein Sohn, was machtest du mit meiner Nadel? Hier lege ich Worte in den Sack!«

»Ich gab sie der Königstochter«, sagte Ullarvindill.

»Und was hat sie dir dafür gegeben?«, fragte die Alte. »Hier lege ich Worte in den Sack.«

»Ich habe bei ihr geschlafen«, antwortete jener.

»Und was machtest du mit meiner Schere?«, fragte die Mutter weiter. »Hier lege ich Worte in den Sack.«

»Ich gab sie der Königin«, sagte Ullarvindill.

»Was hat sie dir dafür gegeben?«, fragte die Alte. »Hier lege ich Worte in den Sack.«

»Ich habe bei ihr geschlafen«, sagte jener.

Der König stutzte nicht wenig, als er dies hörte. Die Königin und die Königstochter aber saßen von Schamröte übergossen da.

»Ullarvindill, mein Sohn«, rief jetzt der alte Häusler, »was machtest du mit meiner Axt? Hier lege ich Worte in den Sack.«

»Ich gab sie dem König«, antwortete Ullarvindill.

»Und was hat er dir dafür gegeben?«, fragte der Alte. »Hier lege ich Worte in den Sack.«

»Er hat die Krone abgenommen und mir ...«

»Halt, halt, der Sack ist voll, der Sack ist voll!«, rief da plötzlich der König. Und obschon er über Ullarvindill sehr erzürnt war, dachte er doch bei sich, dass ihm nichts anderes übrigbleiben werde, als dem Burschen seine Tochter zu geben, da derselbe ihr solche Schande bereitet hatte und überhaupt ein schlauer Schelm war. Im Grunde konnte er ja gegen Mutter und Tochter nicht hart verfahren, da er sich selbst einer Tat bewusst war, über die er sich schämen musste, und die ebenso gut bekannt werden konnte wie das andere.

Der König nahm Ullarvindill zu sich und begann, ihn zu unterrichten. Und obgleich er anfangs strenge gegen ihn war, so dauerte es doch nicht lange, denn Ullarvindill gewann bald die Freundschaft des Königs durch seinen Scharfsinn, seinen Gehorsam und andere männliche Tugenden, die er besaß.

Hierauf erhielt er die Königstochter samt der Hälfte des Reiches, solange der König lebte, und das ganze Reich nach seinem Tode. Er regierte mit großer Klugheit. Der alte Mann und das alte Weib in der schlechten Hütte hatten jetzt Überfluss an allem und lebten dort ihr Leben lang glücklich und zufrieden.

Die Seeschafe

Ein kluger, fleißiger Bauernsohn namens Sigurður wird von seinen ehemaligen Spielkameraden, zwei Königssöhnen, um seiner Tüchtigkeit willen beneidet. Um ihm großen Schaden zuzufügen, brennen sie ihm seine Schmiede nieder. Sigurður nimmt nun zwei Säcke voll von der Asche und macht sich damit auf den Weg. Am Abend kommt er zu einem Gehöft, in dem ein Ehepaar die besten Schätze des Königs aufzubewahren hatte. Sigurður sagt, er sei ein Bote des Herrschers und habe in seinen beiden Säcken die größten Kostbarkeiten. Aber es dürfe niemand hineinschauen, deshalb bäte er, ihm die Säcke für die Nacht sorgfältig aufzubewahren. Die Frau des Verwalters kann jedoch ihrer Neugier nicht widerstehen. Als sie die Säcke öffnet, sieht sie nichts wie Asche, die vom Winde nach allen Seiten hin verweht wird. Erschrocken sagt sie dies ihrem Mann. Um die Tat zu verdecken, füllen die beiden die Säcke mit Gold und Edelsteinen, mit denen dann Sigurður am andern Tage vergnügt abzieht.

Den beiden dummen Königssöhnen erzählt er auf ihr neidisches Befragen: »Diese Schätze habe ich für die Asche meiner Schmiede bekommen.« Nun brennen diese auch ihre Schmiede nieder, bekommen aber für die zum Verkauf angebotene Asche nur Hohn und Spott. Sie kommen zu Sigurður, um sich an ihm zu rächen. Dieser, der sie schon von Weitem erkennt, nimmt einen Topf voll Goldstücke und streut sie im Stalle um seine Stute herum. Wie die Königssöhne über den Betrug klagen, sagt er, das sei ihre Schuld, denn sie hätten gewiss gleich gesagt, sie hätten Asche zu verkaufen, und darum hätten sie selbstverständlich keine Schätze bekommen. Während dieser Rede ist er zugleich beschäftigt, aus dem Mist Goldstücke aufzulesen. Die dummen Königssöhne fragen, ob das Gold von dem Pferd sei. Wie er dies bejaht, lassen sie ihm keine Ruhe, bis er ihnen das Pferd für vieles

Geld verkauft. Er sagt ihnen nun, sie sollten es einsperren und ihm nichts zu fressen geben – dann sollten sie nach einem halben Monat in den Pferdestall gehen, um das Gold zusammenzulesen. Nach einer Woche sind die Prinzen neugierig. Sie schauen heimlich in den Stall und sehen das Tier am Boden liegen. Wie sie nach einem halben Monat das Gold holen wollen, ist das Pferd tot, und nur ein großer Misthaufen ist vorhanden. Nun laufen sie wütend zu Sigurður. Da dieser schon auf ihr Kommen vorbereitet ist, hat er schnell eine Rolle Butter und einen Holzklopfer genommen und ist dann in den Grasgarten gegangen. Beim Herannahen der Prinzen hat er schon mittlerweile rund um einen Erdhaufen Butter geschlagen und schlägt weiter tapfer darauf los. Jetzt bringen die Prinzen ihre Klage vor. Ja, meint er, daran sei natürlich wieder ihre Dummheit schuld! Sie hätten gewiss vor dem Verlaufe des halben Monats in den Stall hineingesehen. Beschämt gestehen sie den Fehler zu. Auf ihr Befragen, was er jetzt beginne, sagt er, dass sein Klopfer die Eigenschaft habe, durch eifriges Schlagen einen Erdhaufen in Butter zu verwandeln. Für vieles Geld kaufen sie ihm jetzt diesen ab. Bei ihnen wird jedoch der Erdhaufen nicht zu Butter! Auf ihre Klage sagt Sigurður, sie hätten gewiss zwischen dem Schlagen Ruhepausen gemacht. Auch das müssen sie zugeben. Durch alle diese schlechten Erfahrungen sind nun aber die Prinzen so wütend auf den schlauen Burschen, dass auf ihre Bitte hin der König verspricht, ihn zu töten. Er macht sich sogar selbst in dieser Absicht zum Bauernhof auf. Auch jetzt ist Sigurður auf sein Kommen vorbereitet und verabredet schnell einen Plan mit seiner Mutter. Wie der König ans Haus kommt, hört er gerade, wie der Bursche zu seiner Mutter sagt: »Nun will ich dich wieder jung machen, liebe Mutter.« Neugierig tritt der König schnell in das Zimmer und sagt, das müsse er auch ansehen, und wenn es dem Burschen gelinge, so wolle er ihm das Leben schenken. Sigurður nimmt einen mit Luft gefüllten Sack und schlägt mit ihm seine Mutter. Darauf fällt diese zu Boden, doch sowie ihr Sohn sagt, sie solle nun aufsteh'n und sich schütteln, steht sie auf und schüttelt sich, sodass ihre alten Lumpen von ihr abfallen und sie, prächtig gekleidet, viel jugendlicher aussieht als früher. Der König ist entzückt, gibt Sigurður noch den Zunamen Slagbelgur, was soviel wie Schlagbauch heißt, und schenkt ihm das Leben. Zu Hause angekommen will er sogleich die neue Kunst probieren. Auf die Bitte seiner Söhne hin nimmt er deren alte Pflegemutter, an der sie sehr hingen, und schlägt mit einem Sack voll Kieselsteine auf die Alte ein. Doch diese vermag nachher nicht mehr aufzustehen und sich zu schütteln, denn sie ist von dem Schlag gleich getötet worden. Auch jetzt weiß Sigurður sich zu entschuldigen. Der König habe nicht aufgepasst, denn sonst würde er gesehen haben, dass sein Sack nur mit Luft gefüllt war. Nach einiger Zeit lässt der König Ochsen schlachten. Sigurður kommt zu ihm und bittet ihn um die Eingeweide. Was er denn mit ihnen machen wolle, fragt ihn der König. »Ich hänge sie einen halben Monat in die Küche«, sagt der Bursche, »den zweiten halben Monat hänge ich sie über mein Bett, hierauf schneide ich ein Loch hinein, setze ein Mundstück dort an und trinke aus den Eingeweiden frühmorgens, wenn ich noch nüchtern bin. Wenn ich das getan habe, so weiß ich alles, was in der Erde und auf der Erde ist.«

Wie der König das hört, will er das gleiche Mittel probieren und gibt deshalb dem Burschen nur die Hälfte der Eingeweide. Nach einem Monat nimmt er dann frühmorgens einen Trunk aus den nach Vorschrift vorbereiteten Därmen. Gleich darauf fühlt er sich so krank, dass er sich in das Bett legt und stirbt. Nun teilen die beiden Prinzen unter sich das Reich, geben aber ihrer Schwester, die im Gegensatz zu ihnen gut und klug war, nichts von der Erbschaft ab. Um sich an Sigurður zu rächen, da sie ihm den Tod des Vaters zuschreiben, ermorden sie ihm in seiner Abwesenheit die Mutter. Der Bursche aber nimmt die Leiche, schmückt sie auf das Prächtigste und bindet sie auf ein Pferd. Hier begegnet er dem Rinderhirten der beiden Brüder mit seiner ganzen Herde. Durch die Ochsen, die neugierig herankommen, wird das Pferd mit der Leiche scheu, sodass die Frau aus dem Sattel fällt. Sigurður behauptet, die Rinder seien am Tode seiner Mutter schuld und wird so wütend gegen den Hirten, dass dieser sich so schnell wie möglich durch Flucht vor ihm rettet. Darauf begräbt er seine Mutter und treibt die Rinderherde seinem Gehöft zu. Den neidischen Brüdern gegenüber behauptet er, die Rinder von einem benachbarten König für die Leiche seiner Mutter erhalten zu haben. Jetzt schlagen die Königssöhne ihre Mutter tot und bieten sie dann dem gleichen König zum Verkauf an. Von diesem werden sie natürlich mit Schimpf und Schande aus dem Reich gejagt. Nun eilen sie wütend zu Sigurður, stecken ihn in einen Sack und hängen diesen an einem Bergabhang auf, damit er dort elend verhungere. Aber es ist dem Burschen gelungen, in aller Eile noch seine Harfe mitzunehmen. Sowie die Brüder weg sind, schlägt er diese aus Leibeskräften. Ein Schafhirte kommt und fragt, was er dort mache. »Lass mich in Ruh«, sagt Sigurður, »ich singe hier, um das Gold aus dem Felsen an mich zu locken.« Sowie der Hirte das hört, zieht er ihn herauf, nimmt ihm trotz seines Protestes die Harfe ab, steckt sich selber in den Sack und lässt sich am Berg hinuntergleiten. Sigurður versteckt sich und sieht, wie die Königssöhne bald darauf zurückkehren. Augenscheinlich ist ihnen unterwegs eingefallen, dass der schlaue Bursche auch aus dem Sack noch Rettung finden könne. Sie schneiden deshalb das Seil durch, sodass der Sack ins Meer fällt. Dann gehen sie wieder fort. Nun macht sich Sigurður ganz nass und treibt die Schafherde an den beiden Königssöhnen vorbei. Auf ihre erstaunte Frage teilt er ihnen mit, dass unten am Fuße des Felsens eine Höhle voll mit Schafen sei. Da er allein gewesen sei, habe er leider nur den kleinsten Teil der Schafe fortnehmen können. Daraufhin haben die habgierigen Brüder keine Ruhe, Sigurður muss mit ihnen zum Felsen zurückgehen, um ihnen die Stelle zu zeigen. Der jüngere Bruder will zuerst hinabspringen und verspricht, den älteren zu rufen, wenn in der Tat dort unten viele Schafe noch seien. Beim Sturz stößt er aus Angst aber gleich ein furchtbares Geschrei aus, sodass ihm der Bruder, der sich gerufen glaubt, sogleich nachspringt. Da kehrt Sigurður, seiner bösen Verfolger ledig, nach Hause zurück, heiratet die Königstochter und wird König.

Brjám

Es herrschten einmal ein König und eine Königin in ihrem Reich. Sie waren reich und mächtig und kannten nicht die Größe ihres Vermögens. Sie hatten eine Tochter und diese wuchs auf wie die meisten übrigen Königskinder. Es trug sich während dieser Zeit nichts Bemerkenswertes zu, man müsste denn eine Lüge sagen.

Es lebte auch ein alter Mann mit seinem alten Weib in einer armseligen Hütte. Sie hatten sieben Söhne und eine einzige Kuh, von der sie alle leben mussten. Diese Kuh war so trefflich, dass man sie dreimal des Tages melken konnte, und sie kam von selbst zur Mittagszeit heim von der Weide. Da geschah es einmal, dass der König mit seinen Leuten auf die Jagd ritt. Sie kamen an der Viehherde des Königs vorüber, und unter derselben befand sich auch die Kuh des armen Mannes.

Da sagte der König zu seiner Begleitung: »Eine schöne Kuh habe ich da.«

»Diese Kuh gehört Euch nicht, Herr«, sagten die Leute. »Sie gehört dem alten Mann in der armseligen Hütte.«

Der König entgegnete: »Sie soll aber mir gehören.«

Als der König heimgekehrt war und sich zu Tisch gesetzt hatte, fiel ihm wieder die Kuh ein und er wollte Leute zu dem alten Manne senden, um ihm die Kuh gegen eine andere abzuhandeln. Die Königin bat ihn, dies nicht zu tun, da der Mann mit seiner Familie nichts anderes zum Leben habe. Er hörte aber nicht auf diese Bitte, sondern schickte drei Männer ab, die dem Alten die Kuh abkaufen sollten. Die drei trafen den Mann mit allen seinen Kindern im Freien an und erklärten ihm, dass sie vom König geschickt seien, um ihm die Kuh gegen eine andere abzukaufen.

Der Alte aber sagte: »Mir ist die Kuh des Königs nicht mehr wert als die meinige.«

Die Leute drangen heftiger bei ihm an. Als er aber nicht nachgab, schlugen sie ihn tot. Da fingen die Kinder alle zu weinen an, mit Ausnahme des ältesten Sohnes, der Brjám hieß. Die Leute fragten sie, wo sie wegen des Todes ihres Vaters Schmerz empfänden. Da schlugen sie sich alle an die Brust mit Ausnahme des Brjám, der auf seinen Hintern deutete und dabei wie ein Blöder lächelte.

Hierauf töteten die Männer alle Kinder, die sich an die Brust schlugen. Von Brjám aber sagten sie, es sei gleichgültig, wenn auch dieses Vieh lebe, da es ihm an Verstand fehle.

Die Leute des Königs gingen heim und führten die Kuh mit sich. Brjám aber begab sich zu seiner Mutter und erzählte ihr, was sich zugetragen hatte. Die Mutter wurde von dieser Nachricht auf das Schmerzlichste ergriffen. Der Sohn aber bat sie, nicht zu weinen, da ihnen dies ja nicht helfen könne. Er werde schon trachten zu tun, was er im Stande sei.

Da geschah es einmal, dass der König für seine Tochter ein Frauenhaus erbauen ließ. Er hatte dem Baumeister Gold gegeben, damit er dieses von innen und außen vergolde. Brjám kam hinzu in seiner tölpelhaften Weise.

Da fragten ihn die Leute des Königs: »Was für einen Rat willst du geben, Brjám?«

Er antwortete: »Ein großer Teil schwinde, meine Burschen.«

Brjám ging hierauf fort. Das Gold aber, das sie erhalten hatten, um damit das Haus zu vergolden, schwand, sodass nur die Hälfte davon verwendet werden konnte.

Die Leute erzählten dies dem König. Der glaubte, dass sie das Gold gestohlen hätten und ließ sie hängen.

Als Brjám nach Hause kam, erzählte er den Vorfall seiner Mutter. »Das hättest du nicht sagen sollen, mein Sohn«, sagte diese.

Brjám fragte: »Was hätte ich denn sagen sollen, liebe Mutter?«

Die Mutter antwortete: »Es möge wachsen um drei Drittel, hättest du sagen sollen.«

»Ich will das morgen sagen, liebe Mutter!«, entgegnete Brjám.

Am folgenden Tage begegnete Brjám Leuten, die eine Leiche zu Grabe trugen. Diese fragten ihn: »Was für einen Rat willst du geben, Brjám?«

»Sie möge wachsen um drei Drittel, meine Burschen«, sagte er.

Da wuchs die Leiche so stark und wurde so schwer, dass die Leute sie fallen ließen.

Als Brjám nach Hause kam, erzählte er seiner Mutter den Vorfall. Sie sagte: »Das hättest du nicht sagen sollen, mein Sohn!«

Brjám fragte: »Was hätte ich denn sagen sollen, liebe Mutter?«

»Gott schenke deiner Seele den Frieden, Toter, hättest du sagen sollen«, antwortete die Mutter.

»Ich will das morgen sagen, liebe Mutter«, sagte er darauf.

Am nächsten Morgen kam er zum Königspalaste und sah zu, wie der Henker gerade einen Dieb hängte.

Der Büttel sagte zu ihm: »Was für einen Rat willst du geben, Brjám?«

Er antwortete: »Gott schenke deiner Seele den Frieden, Toter!« Der Büttel lachte darüber. Brjám aber lief heim zu seiner Mutter und erzählte ihr wieder, was sich ereignet und was er gesagt habe. Sie sagte: »Das hättest du nicht sagen sollen.«

»Was hätte ich denn sagen sollen?«, fragte er.

Sie antwortete: »Ist dies etwa der Dieb des Königs, den du da in der Arbeit hast, hättest du sagen sollen.«

»Ich will das morgen sagen, liebe Mutter«, sagte er.

Am Morgen darauf ging er wieder fort und sah die Königin um die Burg herum spazierenfahren. Brjám trat zu dem Gefolge heran.

»Was für einen Rat willst du geben?«, fragten die Hofleute.

»Ist dies etwa der Dieb des Königs, den ihr da führt, meine Burschen?«

Diese schalten ihn. Die Königin verbot ihnen dies und sagte, dass sie den Worten des Burschen kein Gewicht beilegen sollten. Er lief heim zu seiner Mutter und erzählte ihr, was sich zugetragen hatte.

»Das hättest du nicht sagen sollen, mein Sohn«, sagte sie.

»Wie hätte ich denn sagen sollen?«, fragte er.

»Ist dies nicht die Liebste des Königs, die ihr da führt, hättest du sagen sollen.«

»Ich will das morgen sagen, liebe Mutter«, entgegnete er.

Des Morgens ging er wieder vom Hause fort und sah diesmal zwei Männer, die eine alte Mähre abdeckten. Er trat zu ihnen hinzu.

»Was für einen Rat willst du geben, Brjám?«, fragten sie.

»Ist dies etwa die Liebste des Königs, die ihr da in der Arbeit habt, meine Burschen?«, fragte er.

Die Männer verlachten ihn. Er aber lief heim zu seiner Mutter und erzählte ihr den Vorfall. Die Mutter sagte: »Geh du nicht öfter mehr dahin, denn ich bin immer in Furcht, dass sie dich erschlagen.«

»Sie werden mich nicht erschlagen«, sagte er.

Da trug es sich einmal zu, dass der König seine Leute ausschickte, um zu fischen, und dafür machten sie zwei Schiffe zurecht. Brjám kam zu ihnen und bat sie, ihn mitzunehmen. Sie aber trieben zuerst ihren Spott mit ihm und jagten ihn dann fort. Doch fragten sie ihn, was er wohl glaube, wie an diesem Tage das Wetter sein werde.

Er schaute in die Luft hinauf und sagte:

»Wind und nicht Wind, Wind und nicht Wind, Wind und nicht Wind.«

Die Männer aber verlachten ihn. Sie ruderten hierauf weit aufs Meer hinaus und beluden die beiden Schiffe mit Fischen. Als sie jedoch an Land fahren wollten, entstand ein gewaltiger Sturm und beide Schiffe gingen zu Grunde.

Es trug sich nun weiter nichts Besonderes zu, bis der König einmal allen seinen Freunden und Vornehmen ein Gastgebot gab. Brjám bat die Mutter, dass sie ihm erlauben möge, fortzugehen, um zu erfahren, was bei dem Gastgebote sich zutrage. Als alle sich gesetzt hatten, ging Brjám hinaus in die Zimmermannswerkstätte und begann hier kleine Holzpflöcke zu schnitzen. Leute, die dazukamen, fragten ihn, was er denn mit diesen Pflöcken beginnen wolle.

Er gab zur Antwort: »Den Papa rächen, nicht den Papa rächen.«

Die Leute sagten zu ihm: »Du siehst uns ganz danach aus.«

Hierauf gingen sie fort. Brjám beschlug die Pflöcke an der Spitze mit Stahl, schlich sich in den Saal hinein, nagelte all die Leute, die an den Tischen saßen und bereits sämtlich betrunken waren, mit ihren Gewändern an den Bänken fest und entfernte sich sodann. Als die Leute des Abends sich erheben wollten, wurden sie gewahr, dass sie an die Bänke befestigt waren. Der eine beschuldigte den anderen dieses Unfuges und sie gerieten deshalb in Streit und erschlugen einander, sodass keiner von ihnen übrigblieb.

Auch der König fiel in dem allgemeinen Kampfe. Als die Königin die Nachricht von diesen Ereignissen erhielt, wurde sie sehr traurig und ließ die Toten begraben. Brjám aber verließ am nächsten Morgen wieder die Hütte der Eltern und bot sich der Königin zum Dienste an. Sie nahm ihn mit Freuden auf, denn sie hatte nicht viele Leute mehr zur Verfügung. Dies war für Brjám von größtem Nutzen. Er heiratete bald darauf die Königstochter, wurde später sogar König und übernahm die Regierung des Reiches. Er legte seine Maulaffenart ganz ab, und nun ist das Märchen zu Ende.

Die mehrere Male getötete Leiche

Bei einem jungen Ehepaar wohnt noch die alte Mutter des Mannes und dessen zwei unverheiratete Brüder. Die drei Männer gehen meist täglich auf den Fischfang, während die junge Frau das Hauswesen besorgt. Da sie argwöhnt, dass ihre Schwiegermutter ihren Mann gegen sie aufhetzt, will sie sich eines Tages darüber Gewissheit verschaffen. Sie kommt also zur Alten und fragt sie um Rat: Ein Mann biete ihr Schweinefleisch zum Kauf an, und sie habe auch großes Verlangen, etwas davon zu kaufen. Aber der Mann stelle als Kaufpreis eine Forderung, auf die sie als ehrbare Frau doch unmöglich eingehen könne. »O, lass dich das nicht bekümmern«, sagt die Alte, »solchen Scherz habe auch ich mir vor langen Jahren erlaubt und habe ihn nie zu bereuen brauchen.« Auf diese Antwort hin gibt sich die junge Frau den Anschein, als wenn sie dem Rat ihrer Schwiegermutter folgen wolle.

Wie die Männer abends vom Fischfang heimkehren, bemüht sich die Mutter auf alle erdenkliche Weise, mit ihrem Sohn allein zu sprechen. Ihre Schwiegertochter weiß aber immer wieder ihre Anschläge zu vereiteln. Da ihr alles nichts nützt, murmelt sie wenigstens halblaut einige Verse, die in dem Herzen ihres Sohnes Argwohn erwecken sollen:

»Eine Rede wohnt in meiner Kehle,
die andere darunter,
die dritte wohnt in meinen Lungen,
und diese zieht den Schlitten.«

Und ferner:

»Wenn einige wüssten von einer
das, was einige mit einer anstellen,
wenn einige fern sind,

dann wären einige nicht gegen eine
so freundlich, wie sie sind gegen eine,
wenn einige bei einer sind.«

Mehr vermag die Alte an diesem Abend jedoch ihrem Sohn nicht zu verraten. Nachdem am folgenden Morgen die Männer wieder zum Fischfang fortgegangen sind, sagt die junge Frau ihrer Schwiegermutter, sie möchte sich doch gar zu gern einmal schaukeln. »Tu das nur«, meint die Alte, »das habe ich auch in meiner Jugend am liebsten getan.« Nachdem sich die Hausfrau eine Weile mit Schaukeln belustigt hat, schlägt sie ihrer Schwiegermutter vor, sich doch auch einmal in die Schaukel zu setzen. Sie wolle sie schon festhalten während des Schaukelns. Die Alte geht auf den Vorschlag ein und klettert mit Hilfe ihrer Schwiegertochter in die Schaukel hinauf. Eine Weile geht auch alles gut, doch plötzlich gibt die junge Frau der Schaukel einen Stoß und lässt zugleich die Alte los. Diese fliegt nun in weitem Bogen aus der Schaukel und bricht an einem großen Stein sich den Schädel, sodass sogleich der Tod eintritt. Die junge Frau nimmt die Leiche und legt sie so aufs Bett, als wenn sich die Alte zum Schlaf hingelegt hätte. Wie ihr Gatte am Abend seine Mutter begrüßen will und keine Antwort erhält, sagt ihm seine Frau, sie würde wahrscheinlich schon eingeschlafen sein. Sie sei über Tage nicht ganz wohl gewesen. Ehe am folgenden Abend die Männer heimkommen, nimmt sie die Leiche und setzt sie in eine Kammer vor eine Kiste mit Tabak und Branntwein, die ihr Mann dort stehen hatte. Der Kopf steckt in der Kiste, und in der einen Hand hält sie eine Tabaksrolle und in der anderen Hand ein Messer. Wie der Ehemann am Abend durch die halbgeöffnete Türe sieht, dass eine Frau ihn augenscheinlich bestehlen will, wird er so wütend, dass er mit einem dort liegenden Messer die Diebin durchsticht. Erst jetzt erkennt er seine Mutter. In seiner Ratlosigkeit vertraut er sich seiner Frau an, und diese verspricht ihm Hilfe.

Am folgenden Abend glaubt ein Bruder des Ehemanns, dass eine Frau aus seinem Verschlag, in dem er Stockfisch und Haifisch aufbewahrt, ihm Haifischfleisch stehlen will. Wütend durchsticht er sie mit einem Messer. Wie er dann entdeckt, dass er seine eigene Mutter ermordet hat, eilt er entsetzt zu seiner Schwägerin und bittet sie, ihm diese Untat verbergen zu helfen.

Den dritten Tag wird von der jungen Frau die tote Schwiegermutter auf dem nächsten Gehöft so geschickt angebracht, dass der dort wohnende Amtmann, in der Überzeugung, dass eine unbekannte Frau seinen Lieblingswidder getötet hat, die Leiche mit seinem Schwerte durchsticht. Wie er in ihr die seit langen Jahren ihm befreundete Nachbarin erkennt, lässt er deren Schwiegertochter rufen und vertraut ihr sein Unglück an. Er bietet ihr viel Geld, wenn sie ihm nur helfen wolle, diese Angelegenheit zu vertuschen. Die junge Frau geht auch auf den Vorschlag ein.

Nun wird endlich die Alte in allen Ehren begraben, das junge Ehepaar lebt von jetzt an in Frieden und Einigkeit, und auch zwischen den Bewohnern der Nachbarhöfe herrscht die größte Freundschaft.

Die gute Stiefmutter

Ein Königspaar hatte keine Kinder. An einem schönen Wintertag fuhr die Königin mit ihrem ersten Minister Rauður im Schlitten spazieren. Als ihre Nase anfing zu bluten, sodass das Blut auf den Schnee fiel, sagte sie zu ihrem Begleiter, sie wünsche sich eine Tochter, die ebenso schöne Farben habe, wie das Blut und der Schnee. Der Minister wahrsagte ihr die Erfüllung ihres Wunsches, fügte aber gleichzeitig hinzu, dass sie auf ihre Tochter bei ihrem ersten Anblick selber den Fluch legen müsse, die Burg des Vaters zu verbrennen, heimlich ein Kind im Vaterhause zu gebären und einen Mann zu töten.

Nach einiger Zeit kommt die Königin mit einem wunderschönen Mädchen nieder, das Ingibjörg genannt wird. Sowie das Kind geboren ist, bittet sie inständig, es ihr nimmer vor die Augen zu bringen, und so wird denn die Kleine fern von den Eltern von einer Pflegemutter erzogen. Wie das Kind zehn Jahre alt ist, wird die Königin krank. Sie will gern vor ihrem Tode die Tochter einmal sehen und lässt sie deshalb zu sich rufen. Sowie sie mit ihr allein ist, muss sie den Fluch auf ihr Kind legen und stirbt dann. Nachdem der König lange Zeit seine Gattin betrauert hat, zieht sein bester Freund für ihn auf Brautfahrt aus. Er wirbt um Hildur, die Tochter eines Inselkönigs, die in ihrem Äußeren sehr der schönen Königstochter Ingibjörg gleicht, und die ebenso gut und klug wie schön sein soll. Das Mädchen, dem der König die Entscheidung anheimstellt, nimmt die Werbung unter der Bedingung an, dass sie erst drei Jahre lang nur als Braut im Königreich leben wolle. Bald schon, nachdem die künftige Königin ins Land gekommen ist, verbindet sie enge Freundschaft mit der Königstochter Ingibjörg. Nach einiger Zeit erfährt sie dann auch den Grund, warum das Mädchen seit dem Tode der Mutter so traurig und mutlos ist. Hildur verspricht, ihr zu helfen.

Einst ist der König auf Reisen, um die Steuern einzunehmen. Als bei schönem Wetter alle Leute aus dem Schlosse draußen beim Äpfelsuchen sind, tragen die beiden Mädchen alle Kostbarkeiten aus dem Hause heraus und zünden die Burg an. Sie brennt bis zum Boden nieder. Nun lässt Hildur, solange der König noch abwesend ist, ein neues Schloss bauen, viel prächtiger als das alte. Wie der König heimkehrt, ist er schließlich noch froh über das Unglück, da das neue Schloss ihm ausnehmend gefällt. Wie das zweite Jahr herankommt, wird Ingibjörg wiederum ratlos und mutlos, denn der zweite Fluch der Mutter liegt schwer auf ihr. Auch jetzt weiß ihr Hildur zu helfen. Sie soll hinaus in den Wald gehen, bis sie an ein kleines Haus kommt. Hier soll sie drei Nächte mit einem ihr fremden Mann verbringen und danach wieder zum Königsschloss heimkehren. Hildur will dann schon dafür sorgen, dass ihr weiter keine Schwierigkeit daraus erwächst.

Nach einiger Zeit macht der Minister Rauður seinen Herrn darauf aufmerksam, dass seine Tochter schwanger sei. Der König wird wütend und will es nicht glauben, beschließt aber dennoch, die Sache zu untersuchen. Wie er am nächsten Samstag die beiden Mädchen in ihrem Turm besucht, legt er den Kopf auf den Schoß seiner Tochter. Da er glaubt, Kindesbewegungen zu fühlen, springt er entrüstet auf. Doch im gleichen Augenblick lässt Ingibjörg zwei junge Hunde, die sie auf den Rat der klugen Hildur heimlich unter der Schürze hatte, auf den Boden fallen. Der König ist gleich wieder beruhigt und erkennt beschämt seinen Irrtum. Doch der Minister lässt ihm keine Ruhe. Er solle das nächste Mal wie durch Zufall seine Tochter in den Finger stechen und das Blut in einem Tuche auffangen, dann würde der Arzt ihm wohl sagen können, ob sie noch eine Jungfrau sei. Doch auch dieser Anschlag misslingt, da Hildur ihn vorausweiß und es so einrichtet, dass der König ein Tuch mit ihrem Blut dem Arzt zur Untersuchung übergibt.

Nun kommt der Geburtstag des Königs. Jetzt hofft der Minister, dass Ingibjörg verloren ist, denn sie war bisher immer gewöhnt, die ganze Nacht hindurch zu tanzen, und das würde sie jetzt natürlich nicht können. Hildur hat jedoch im Vertrauen auf ihre Ähnlichkeit mit der Königstochter die Kleider gewechselt. Während Ingibjörg als Braut mit dem künftigen Gatten sich unterhält, tanzt die vermeintliche Königstochter die ganze Nacht hindurch und erklärt am Morgen, sie wollte, das Vergnügen finge jetzt erst an. Endlich ist der König von der Unschuld seiner Tochter völlig überzeugt und macht seinem Minister die schwersten Vorwürfe. Wie Ingibjörg ihr Kind zur Welt bringt, pflegt sie Hildur auf das Treueste und lässt niemanden zu ihr.

Nach einiger Zeit quält die Königstochter die dritte Verwünschung der Mutter, die ihr auferlegt ist, denn es scheint ihr unmöglich, einen Mann zu töten. Doch Hildur sagt, dass der Minister Rauður schon lange den Tod verdient habe. Wie dieser einst von einem Apfelbaum, der an einem fast senkrecht zur See abfallenden Berge wächst, Äpfel pflücken will, sagt Hildur, sie wolle mit der Königstochter das Seil, an dem er sich hinunterlassen muss, oben festhalten. Zur verabredeten Zeit lassen sie scheinbar aus Ungeschick das Seil los, und Rauður bricht sich zur Freude aller den Hals.

Wie die drei Jahre verstrichen sind, wird die Hochzeit des Königs gefeiert. Am Abend kommt ein Gast in die Halle. Die junge Königin läuft ihm entgegen, fällt ihm um den Hals und küsst ihn. Dann führt sie den Fremden vor den König und sagt, dass er ihr Bruder sei, der von einem schweren Zauber jetzt erlöst wäre. Ingibjörg erkennt in ihm ihren Gatten aus dem Waldhaus. Hildur bringt den beiden ihr Kind, der König wird über alles aufgeklärt, und nun wird eine Doppelhochzeit gefeiert.

Das Märchen von der Königstochter, die in ein Pferd verwandelt war

Einem Königspaar kommt spurlos die einzige Tochter abhanden, und der König lässt bekanntmachen, dass er demjenigen sein Reich geben wolle, der ihm sein Kind wiederbringt.

Nicht weit vom Königreich wohnt ein Bauer mit seinem Sohne Hörður. Wie der Knabe eines Tages das Vieh seines Vaters hütet, kommt er zufällig in einen Wald, vor dessen Betreten sein Vater ihn immer gewarnt hatte. Er hört hier großen Lärm und sieht eine Schar von Füllen auf sich zukommen. Sie greifen ihn an, aber er wehrt sich mit seiner Keule. Endlich kommt eine braune Stute mit Namen Brunka zu ihm und fordert ihn auf, auf ihren Rücken zu steigen. Dann eilt sie mit ihm fort, von den Füllen in einem fort noch verfolgt. Am Abend kommen sie zu einer Hütte. Hier bittet das Pferd Hörður: »Töte mich und zerschneide alles in ganz kleine Stücke.«

Am anderen Morgen steht Brunka wieder frisch und lebendig vor der Hütte und zupft das Gras ab. Aber sie hat nun statt des Schwanzes einen Haarschweif, da Hörður vergessen hatte, den Schwanz auch zu zerschneiden. Von nun an sollen nach dem Wunsche der Braunen alle Pferde Haarschweife haben.

Am folgenden Abend, als sie an eine andere Hütte gelangt sind, hat Hörður die gleiche Aufgabe. Nun vergisst er, einen Teil des Nackens zu zerschneiden, und da hat am anderen Morgen das Pferd eine Haarmähne, die nun gleichfalls künftig alle Pferde besitzen sollen.

Am dritten Abend vernachlässigt Hörður das Zerschneiden der Klauen. Infolgedessen hat Brunka Hufe bekommen, und seit dieser Zeit müssen alle Pferde beschlagen werden.

Sie kommen in das Königreich, und hier bittet Hörður auf Vorschlag der Brunka den König um Aufnahme für den Winter. Dies wird ihm unter der Bedingung gewährt, dass er die Diebe ausfindig macht, die den Goldschatz des Königs gestohlen haben. Er fragt Brunka deswegen um Rat, und diese bittet ihn, mit ihr auszureiten. Wie sie nicht weit vom Schlosse sind, beginnt das Pferd zu lahmen. Hörður macht an einer Schmiede Halt, um es neu beschlagen zu lassen. Aber alle Hufeisen sind untauglich, bis der Schmied Brunka endlich mit einem goldenen Hufeisen beschlägt. Nun reitet Hörður heim. Wie der König das goldene Hufeisen sieht, entdeckt er, dass es aus seinem gestohlenen Schatz ist. Das Haus des Schmiedes wird durchsucht, und alles findet sich bei ihm wieder. Seine Mitschuldigen will der Schmied aber um keinen Preis verraten.

Nach einiger Zeit wird der König von Wikingern zum Zweikampfe aufgefordert. Hörður besteht den Kampf für ihn und bleibt mit Hilfe seiner Brunka Sieger. Da er sieht, wie sehr der König unter dem Verlust seiner Tochter leidet, verspricht er ihm, alles zu versuchen, um das Mädchen wiederzufinden. Brunka will ihm hierbei jedoch nur helfen, wenn er eine Nacht bei ihr schläft. Wie er davon nichts wissen will, läuft das Pferd ihm fort. Er sucht es allenthalben, und endlich findet er es, wie es versucht, seinen Kopf zwischen zwei Steinen zu zerschmettern. Von dem Anblick gerührt verspricht Hörður seiner Brunka, sie zu heiraten. Der König veranstaltet zur Hochzeit ein großes Festmahl. Wie Hörður mit seinem Pferd im Bett liegt, ruft dieses auf einmal: »Hilf dem König, denn Rauður, der Minister, will ihn gerade morden.« Er springt auf und kommt noch zur rechten Zeit, um den schlafenden König zu schützen und den Minister so zu Boden zu werfen, dass er beide Schenkel bricht. Von dem Kampflärm erwacht der König. Nun behauptet der Minister, Hörður habe dem König nach dem Leben getrachtet. Seinen Angaben wird geglaubt, und Hörður wird ins Gefängnis gesteckt, um am anderen Tage gehängt zu werden. Im Bett der Neuvermählten findet man morgens die verschwundene Königstochter. Sowie sie hört, welches Schicksal ihrem Gemahl droht, eilt sie zum König. Sie erzählt diesem, dass der Minister Rauður sie habe heiraten wollen. Weil sie sich geweigert hätte, sei sie von ihm in ein braunes Pferd verwandelt worden. Nicht eher habe sie erlöst werden können, bis ein Mann sie dreimal ganz in kleine Stückchen zerschneide und schließlich auch heirate.

Die Bosheit des Rauður kommt nun an den Tag. Er wird von wilden Pferden zerrissen, während Hörður mit der Königstochter ein fröhliches Hochzeitsfest feiert.

Wer ist der Dümmste?

Einst zankten sich zwei Frauen, wer den dümmsten Mann habe. Schließlich kommen sie überein, doch einmal zu versuchen, wer von den beiden als der Dümmste sich ausweise. Die eine beginnt nun daheim am leeren Rocken zu spinnen und sagt ihrem heimkehrenden Mann, der sie deswegen erstaunt zur Rede stellt, dass sie feine Wolle, die man vor Feinheit gar nicht sehen könne, zu einem Anzug für ihn spinne. Nachdem die Frau eine Weile so gesponnen hat, trägt sie die Wolle, die man gar nicht sehen kann, zum Webstuhl und wirkt hier einen Stoff, den man ebenso wenig sieht. Dann wäscht und schlägt die Frau das unsichtbare Gewebe und schneidet und näht schließlich einen Anzug aus ihm. Hierauf ruft sie ihren Mann und erklärt, sie wolle ihm helfen, das neue Gewand auch richtig anzuziehen. Der Mann sieht zwar nichts und fühlt nichts auf seinem nackten Körper, ist aber dennoch furchtbar stolz auf seine schöne Kleidung und seine kunstfertige Gattin.

Die andere Frau fragt ihren Mann, sowie er heimkommt, warum er denn außer Bett sei, er sei doch schwerkrank. Der Mann lässt sich denn auch bereden und legt sich zu Bett. Nach einiger Zeit erklärt die Frau, nun müsse sie ihn in einen Sarg legen, denn er sei gestorben. Der Mann bittet sie, das doch um Gotteswillen nicht zu tun, bekommt jedoch zur Antwort, er solle nur schweigen, er sei ja doch schon seit dem Morgen tot. Es wird der Begräbnistag angesetzt, die Leichenträger werden bestellt und die Freunde zur Beerdigung eingeladen.

Mit den Leidtragenden kommt auch der erste Ehegatte, nackt wie ihn Gott geschaffen hat, nach seiner Überzeugung jedoch prächtig gekleidet. Bei seinem Anblick brechen alle in lautes Gelächter aus, und der Tote, der durch ein kleines Fensterchen im Sarg ihn sehen kann, ruft so laut er nur kann: »Nun würde ich lachen, wenn ich nicht schon tot wäre.« Wie man den Toten reden hört, befreit man ihn aus dem Sarg. Der Schelmenstreich der beiden Frauen wird bekannt, und beide empfangen beim nächsten Thing ihre Strafe.

Hvekkur

Ein Bauernpaar hat drei Söhne, von denen die beiden älteren viel beim Vater gelten, während der jüngste, Þorsteinn mit Namen, als ein Dümmling angesehen wird. Drei Jahre hintereinander kommen dem Bauern jährlich im Herbst eine Anzahl Schafe weg, nach denen im ersten Jahre sich der älteste Sohn, im folgenden Jahre der zweite Sohn auf die Suche begeben hat. Doch weder von den Jünglingen noch von den Schafen hat man jemals wieder etwas gesehen. Im dritten Jahre will nun Þorsteinn den vermissten Schafen nachforschen. Nach langer Wanderung gelangt er in einem tiefen Tale zu einer kleinen Bauernhütte. Wie er an die Türe klopft, kommt ein alter Mann von sehr unangenehmem Äußern heraus. Er nennt sich auf Befragen Karlinn illi, was »der böse Mann« heißt, und Þorsteinn legt sich hierauf den Namen Hvekkur, das heißt Schalk, zu. Der Bauernbursche bittet den Alten um Gastfreundschaft für den Winter, und dieser will ihn denn auch unter folgenden Bedingungen aufnehmen: Erstens muss er den Winter hindurch das Vieh hüten, und zwar muss er dazu ebenso früh aufsteh'n wie der Hund und nicht eher abends wieder heimkommen, bis dem Hunde es gefällt. Zweitens muss er mit dem Hund aus dem gleichen Topfe essen und drittens sich sofort auf die Suche machen, sowie er das Miauen der Katze hört. Derjenige jedoch, der gesteht, dass er mit dem andern unzufrieden sei, darf von dem andern getötet werden. Auf diese Bedingungen geht Þorsteinn ein und wird ins Zimmer geführt, in dem Frau und Tochter des Wirtes sich befinden. Am Abend wird für den Knecht und den Hund ein Trog auf den Boden gesetzt. Wie Þorsteinn im besten Essen ist, hört er das Miauen der Katze und muss nun fortgehen, um das Tier zu suchen. Er forscht allenthalben, kann es jedoch nicht finden. Bei seiner Rückkehr ins Zimmer hat der Hund mittlerweile den ganzen Trog leer gefressen. In der Nacht, als die Alten schlafen, kommt das junge Mädchen an sein Bett. Sie bringt ihm etwas zu essen und spricht ihm ihr Bedauern aus, dass er ihrem Vater in die Hände gefallen sei. Dieser hätte auf diese Weise seine beiden Brüder schon zu Tode hungern lassen und würde es mit ihm wohl gleichfalls so weit bringen. Das Miauen, das ihn vom Essen immer abhalten würde, käme von keiner Katze, sondern von den alten Eltern des Bauern, die dieser absichtlich langsam zu Tode hungere. Hvekkur lässt sich von dem Mädchen ein Licht geben und zum Zimmer der Alten führen. Er findet sie vor Alter und Hunger in einem elenden Zustand und braucht nicht viel Mühe, um sie zu ersticken. Dann legt er sich ruhig schlafen. Am folgenden Morgen weckt ihn der Bauer schon sehr früh, da der Hund schon aufgestanden sei. Wie er nun mit dem Hund das volle Mahl einnimmt, ohne vom Miauen der Katze weggerufen zu werden, macht der Bauer ein seltsames Gesicht, sagt aber nichts. Þorsteinn hütet nun das Vieh, unter dem sich auch alle vermissten Schafe seiner Eltern befinden. Bei der Heimkehr am Abend erwartet der Alte seinen neuen Knecht schon in der Türe und fragt ihn, ob er seine Eltern getötet habe. »Gewiss«, sagt dieser, »oder hast du vielleicht etwas dagegen?« Nach einiger Zeit ist es dem Burschen langweilig, mit dem Hund immer so spät abends heimkehren zu müssen. Er bindet ihm deshalb einen Schuhbändel immer fester um den Hals. Zuerst kehrt der Hund, dem das unbehaglich ist, abends früher heim wie gewöhnlich, dann verliert er die Lust zum Fressen und schließlich stirbt er. Wie am Abend der Knecht nach Hause kommt, fragt ihn der Alte: »Hast du meinen Hund getötet, Hvekkur?« »Freilich«, sagt Þorsteinn, »oder hast du vielleicht etwas dagegen?« Nun kann Þorsteinn seine Mahlzeit immer allein verzehren und braucht auch nicht länger, wie es ihm gerade gefällt, mit dem Vieh täglich draußen zu sein. Zur Frühjahrszeit bemerkt der Bauer, dass seine Tochter augenscheinlich guter Hoffnung ist. Er fragt den Knecht, ob er daran schuld sei. »Gewiss«, sagt dieser, »oder hast du vielleicht etwas dagegen?« Auch jetzt behauptet der Alte noch, es sei ihm ganz recht, nur müsse infolgedessen bald die Hochzeit gefeiert werden. Þorsteinn ist damit einverstanden und baut auf den Wunsch des Alten einen großen Festsaal, in dem die Hochzeitsgäste empfangen werden sollen. Während der Bauer fortgegangen ist, um seine Freunde zur Hochzeit zu bitten, sammelt Þorsteinn eine Menge Brennholz und legt es sich zum Gebrauche zurecht. Nun kommen von allen Seiten die Gäste angeritten, alle ebenso ungeschlacht und scheußlich wie der Bauer selbst. Dieser fordert seinen Schwiegersohn auf, freundliche Augen auf die Gäste zu werfen, und Þorsteinn geht daraufhin zu den Pferden der Fremden und sticht ihnen allen ein Auge aus. Mit diesen kehrt er zum Hochzeitsmahle zurück und wirft auf jeden Gast eines dieser Augen. Rot vor Zorn springt der Alte auf und fragt ihn, woher er diese Augen habe. »Ich stach sie natürlich den Pferden aus, die unseren Gästen gehören, denn anderswo konnte ich für sie nicht genügend Augen bekommen. Oder hast du vielleicht etwas dagegen?« »Ja, gewiss habe ich etwas dagegen«, bricht der Alte los. »Zuerst tötetest du meine Eltern, dann meinen Hund, hierauf schwängertest du meine Tochter, jetzt stichst du den Pferden der Gäste die Augen aus, und zu guter Letzt wirst du mich selbst noch töten.« Auf diese Rede hin stürzt sich Þorsteinn auf den Alten und ringt mit ihm, bis er ihm das Rückgrat gebrochen hat. Dann eilt er aus dem Festsaal, verschließt die Türe und verbrennt drinnen alle Hochzeitsgäste, mit Ausnahme von der Frau und der Tochter des Bauern, die auf seinen Wink schon vorher den Saal verlassen hatten. Reich an Kostbarkeiten und Vieh kehrt er mit den beiden Frauen dann zu seinen Eltern zurück und feiert hier mit der Tochter des Bauern seine Hochzeit.

Der Mann von Grímsey und der Bär

Einstmals im Winter geschah es, dass auf der Insel Grímsey das Feuer starb, sodass man an keinem einzigen Gehöft eine Flamme entzünden konnte. Es war gerade Windstille und so strenger Frost, dass der Grímseyarsund mit Eis bedeckt war und man glaubte, ihn überschreiten zu können. Da beschlossen die Einwohner von Grímsey, Leute nach dem Festlande zu entsenden, um Feuer zu holen, und wählten dazu drei der kühnsten Männer von der Insel. Sie traten ihre Wanderung frühmorgens bei klarem Wetter an und eine Menge Inselbewohner begleiteten sie auf das Eis hinaus und wünschten ihnen eine glückliche Reise und baldige Rückkehr.

Von den Erlebnissen der Sendboten wird nun nicht eher etwas berichtet, als bis sie mitten auf dem Sund an eine Wake kommen, die sich so lang erstreckte, dass man kein Ende erspähen konnte, und dazu so breit war, dass zwei der Männer nur mit Mühe und Not hinüber springen konnten, während der dritte sich dies nicht getraute. Jene beiden rieten ihm daher, nach der Insel zurückzukehren, und setzten ihre Reise fort. Er aber blieb am Rande der Wake stehen und schaute ihnen nach. Es war ihm gar nicht recht, dass er unverrichteter Sache wieder umkehren sollte, deshalb beschloss er, an der Wake entlang zu gehen, sie konnte ja vielleicht an einer anderen Stelle schmaler sein als hier. Als der Tag sich zu neigen begann, wurde das Wetter trübe und von Süden her zog Sturm und Regen herauf. Das Eis fing an, sich voneinander zu lösen, und der Mann stand zuletzt auf einer Eisscholle, die in das Meer hinaustrieb. Am Abend stieß die Scholle an eine große Eisplatte und auf diese ging der Mann. Da sieht er nicht weit von sich eine Bärin, die auf ihren Jungen liegt. Er war vor Kälte erstarrt und hungrig geworden und bangte um sein Leben. Wie die Bärin den Mann erblickt, betrachtet sie ihn erst eine Weile, dann steht sie auf, geht auf ihn zu und ganz um ihn herum und macht ihm ein Zeichen, er solle sich auf die Lagerstätte zu den Jungen legen. Er tut dies mit Zittern und Zagen. Darauf legt sich das Tier bei ihm nieder, breitet sich über ihn und lässt ihn mit den Jungen zusammen saugen. Nun vergeht die Nacht. Am Tage darauf steht das Tier auf, entfernt sich ein Stückchen vom Lager und winkt dem Manne zu kommen. Als er auf das Eis hinauskommt, legt sich das Tier zu seinen Füßen nieder und winkt ihm, er solle sich auf seinen Rücken setzen. Sobald er das getan hat, steht die Bärin auf und schüttelt sich so lange, bis der Mann herabfällt. Sie stellt dann für diesmal keine weiteren Versuche an. Der Mann aber wundert sich sehr über dieses Spiel. Es vergingen nun drei Tage. Des Nachts lag der Mann immer im Lager der Bärin und wurde von ihr gesäugt. Jeden Morgen aber ließ sie ihn auf ihren Rücken steigen und schüttelte sich dann, bis er sich nicht mehr darauf halten konnte. Den vierten Morgen endlich vermochte sich der Mann an dem Rücken des Tieres zu halten, wie sehr sich die Bärin auch schüttelte. Da geht sie gegen Ende des Tages, mit dem Manne auf dem Rücken ins Wasser und schwimmt mit ihm nach der Insel. Wie der Mann an Land kommt, geht er auf die Insel und winkt der Bärin, ihm nachzukommen. Er geht vor ihr her nach seinem Hause, lässt sogleich die beste Kuh im Stalle melken und gibt dem Tier frische Milch zu trinken, soviel es will. Dann geht er ihm voraus nach seinem Schafstall, lässt die beiden schönsten Hammel nehmen und schlachten, bindet sie mit den Hörnern zusammen und legt sie der Bärin quer über den Rücken. Da wendet sich diese dem Meer zu und schwimmt hinaus zu ihren Jungen. Auf Grímsey aber war große Freude, denn während die Inselbewohner verwundert der Bärin nachblickten, sahen sie vom Land her ein Schiff kommen, welches vor günstigem Wind auf die Insel zu segelte. Auf diesem hofften sie, die anderen Boten mit dem Feuer heimkehren zu sehen.

Der Junge, der so klein war, dass er sich selbst nicht bis an die Nase reichte

Es war einmal ein Ehepaar auf einem Bauernhof, und sie hatten einen Sohn, der Siggi hieß. Dieser war so klein, dass er sich selbst nicht bis an die Nase reichte. Normalerweise kümmerte sich sein Vater um ihn. An einem Tag begab es sich, dass der Vater des Jungen zur Kirche ging und zu seiner Frau nachdrücklich sagte: »Pass darauf auf, dass der Junge nicht in den Stall geht, damit ihn die Kuh nicht auffrisst.«

Sie versprach es, und also ging der Vater los. Aber sobald er die Heuwiese passiert hatte, sagte die Frau: »Nun geh, mein Siggi, und fege bei der Kuh sauber.«

Und Siggi ging hin und fing an, bei der Kuh zu fegen. Dann schlief er aber auf dem Heu ein und die Kuh fraß ihn auf. Die Mutter aber vergaß, nach ihm zu sehen. Und so verging der Tag.

Am Abend kommt der Bauer nach Hause und fragt nach dem Jungen. »Ich habe ihn hinausgeschickt und ihm aufgetragen, bei der Kuh sauber zu fegen.«

Sogleich eilt der Vater zur Scheunentür hinaus und ruft: »Mein Siggi, mein Siggi, wo bist du, mein Siggi?«

Da antwortet der Junge: »Ich bin unten in der Kuh und pule mir Fettbissen los.«

Der Vater eilt heim und sagt seiner Frau, dass sie die Kuh jetzt schlachten müssten, weil sie ihren Jungen verschluckt hat. Und so machen sie es. Sie schlachten die Kuh und heraus kommt der Junge mit seinen Händen voller Fettbissen, die er gerade anfangen möchte zu essen. Dann fing die Frau damit an, die Eingeweide zu waschen. Auch der Junge wollte etwas zu waschen haben, denn sie hatten ihn bei sich. Da gaben sie ihm den Blinddarm. Als er den Blinddarm aber drehen wollte, fiel er kopfüber hinein, sodass nur noch die Füße herausschauten. Und wäre der Blinddarm länger gewesen, so wäre auch die Geschichte länger gewesen.

Der Wurm im Lagarfljót

In alten Zeiten trug es sich einst zu, dass eine Frau aus einem Gehöft im Heraðdistrikt am Strome Lagarfjlót wohnte. Sie hatte eine erwachsene Tochter. Dieser schenkte sie einen goldenen Ring. Da sagt das Mädchen: »Wie kann ich von diesem Golde den größten Nutzen haben, liebe Mutter?« »Lege es unter einen Heidewurm«, sagt die Mutter. Da nahm das Mädchen einen Heidewurm, legte ihm das Gold unter und tat das Ganze in ihre Linnentruhe. Dort liegt nun der Wurm einige Tage. Wie aber das Mädchen wieder an ihre Truhe gehen will, ist der Wurm so groß geworden, dass die Truhe beginnt, aus den Fugen zu gehen. Das Mädchen erschrickt, ergreift die Truhe und wirft sie mit ihrem ganzen Inhalt in den Strom.

Es verging darauf eine lange Zeit und die Leute fingen an, von dem Wurme im Strom etwas zu merken, denn er begann Menschen und Vieh zu verderben, die über das Wasser fuhren. Manchmal streckte er sich an den Flutlinien in die Höhe und spie Gift auf eine grässliche Art. Daraus drohte eine schreckliche Plage zu werden, keiner aber wusste ein Mittel, um dem abzuhelfen. Endlich ließ man zwei Finnen kommen, die sollten den Wurm töten und sich des Goldes bemächtigen. Sie stürzten sich in den Strom, kamen aber bald wieder heraus. Die Finnen sagten, man habe es hier mit einer großen Übermacht zu tun, und es sei nicht leicht, den Wurm zu töten oder des Goldes habhaft zu werden. Ein zweiter Wurm, sagten sie, sei unter dem Golde, und der sei viel schlimmer als der erste. Sie banden nun den Wurm mit zwei Fesseln. Die eine legten sie ihm unter dem Bauche an, die andere hinten am Schwanz. Der Wurm kann daher keinem mehr schaden, weder Mensch noch Tier. Doch geschieht es mitunter, dass er seinen Rücken zu einem Buckel emporbäumt, und wenn man das sieht, hält man es für den Vorboten eines wichtigen Ereignisses, wie magere Jahre oder Grasmangel.

Die Seehundshaut

Es war einmal ein Mann östlich von Mýrdalur. Dieser ging eines Tages am frühen Morgen, ehe andere Leute aufgestanden waren, an einigen Felsklippen an der See vorüber. Da kam er an den Eingang einer Höhle. Drinnen in der Höhle hörte er laute Fröhlichkeit und Tanz und draußen sah er viele, viele Seehundshäute. Eine Seehundshaut nahm er mit sich, trug sie heim und verwahrte sie in einer Lade. Ein wenig später am Tage kam er wieder zu dem Höhleneingang. Da saß ein junges, schönes Weib dort, ganz nackend, und weinte sehr. Dies war der Seehund, dem die Haut gehörte, die der Mann genommen hatte. Der Mann verschaffte dem Mädchen Kleider, tröstete es und nahm es mit sich nach Hause. Sie war ihm treu und folgsam, doch stimmte ihre Gemütsart weniger mit der anderer überein. Oft aber saß sie und schaute hinaus auf die See. Nach einiger Zeit nahm der Mann sie zum Weibe und sie vertrugen sich gut, und es wurden ihnen Kinder beschert. Die Haut verwahrte der Bauer beständig unten in seiner verschlossenen Lade und hatte den Schlüssel stets bei sich, wohin er auch ging.

Nach vielen Jahren ruderte er einmal hinaus und vergaß den Schlüssel daheim unter seinem Kopfkissen. Als er nun wieder nach Hause kam, war die Lade offen und die Frau nebst der Seehundshaut verschwunden. Sie hatte den Schlüssel genommen, in der Lade gekramt und dort die Haut gefunden. Da konnte sie der Versuchung nicht widerstehen. Sie nahm Abschied von ihren Kindern, fuhr in die Haut und stürzte sich in die See. Bevor die Frau sich in die See stürzte, soll sie vor sich hingesagt haben:

»Mir ist so bang und weh,
hab sieben Kinder in der See
und sieben Kinder auf dem Lande.«

Man sagt, der Mann habe sich dies sehr zu Herzen genommen. Wenn er später auf den Fischfang ruderte, schwamm oft ein Seehund um sein Boot her und es war, als rännen ihm Tränen aus den Augen. Viel Glück hatte er seitdem beim Fischen und verschiedene besondere Glücksfälle trugen sich an seinem Strande zu. Oft, wenn die Kinder des Ehepaares am Ufer gingen, sahen die Leute, wie ein Seehund vornan im Meere schwamm, immer neben ihnen entlang, während sie am Lande oder an der Flutgrenze wandelten, und wie er bunte Fische und schöne Muscheln zu ihnen empor warf. Niemals aber kam ihre Mutter an Land zurück.

Von Trollen
und Zwergen

Das Pferd Gullfaxi und das Schwert Gunnfjöður

Es waren einmal ein König und eine Königin in ihrem Reich, die hatten einen Sohn, der Sigurður hieß. Als dieser zehn Jahre alt war, wurde die Königin krank und starb. Der König ließ die Leiche der Königin nach altem Brauch in einen Grabhügel legen, und er saß oft dort und trauerte um sie.

Eines Tages saß der König wie gewöhnlich auf dem Grabhügel der Königin, als er eine vornehm gekleidete Frau erblickte. Er fragte sie um ihren Namen.

Sie antwortete, dass sie Ingibjörg heiße und sprach zugleich ihre Verwunderung darüber aus, dass der König so allein hier sitze. Dieser erzählte sodann, dass er seine Königin verloren habe und auf ihrem Grabhügel trauere. Die Frau wieder teilte ihrerseits dem König mit, dass sie gestern ihren Mann verloren habe, und fügte hinzu, dass es wohl am besten wäre, wenn sie beide zusammenziehen würden. Der König fand Gefallen an ihr, lud sie ein, ihm in seinen Palast zu folgen, und wenige Tage darauf hielt er auch schon Hochzeit mit ihr.

Der König gewann wieder sein frohes Gemüt zurück und ritt oft auf die Jagd, um sich zu erlustigen. Sigurður aber liebte seine Stiefmutter sehr und blieb immer bei ihr daheim.

Eines Abends sagte Ingibjörg zu Sigurður:

»Morgen musst du mit deinem Vater auf die Jagd gehen.«

Sigurður jedoch entgegnete, dass er lieber bei ihr daheimbleiben wolle.

Am nächsten Morgen ritt der König auf die Jagd. Sigurður aber war nicht zu bewegen, ihn zu begleiten. Da sagte die Stiefmutter, dass er seinen Ungehorsam noch zu bereuen haben werde und dass er besser tun würde, ihr in Zukunft zu gehorchen.

Als der König fortgeritten war, verbarg sie Sigurður unter ihrem Bett und sagte ihm, dass er hier zu bleiben habe, bis sie ihn rufen würde. Bald darauf hörte Sigurður ein gewaltiges Gedröhn, sodass der Boden bebte, und sah sodann ein riesiges Trollweib bis zu den Knöcheln in der Erde watend in das Zimmer kommen.

Das Trollweib sagte:

»Sei gegrüßt, Schwester Ingibjörg. Ist der Königssohn Sigurður zu Hause?«

»Nein«, antwortete Ingibjörg, »er ritt heute Morgen mit seinem Vater in den Wald hinaus, um sich zu erlustigen.«

Ingibjörg deckte sodann für ihre Schwester den Tisch und setzte ihr Speisen vor. Als sie beide gegessen hatten, sprach die Trollfrau zu ihrer Schwester:

»Ich danke dir für den besten Leckerbissen, das beste Lamm, die beste Kanne Bier und den besten Trank. Ist der Königssohn Sigurður zu Hause?«

Ingibjörg verneinte die Frage. Hierauf nahm die Trollfrau von ihrer Schwester Abschied und ging fort. Da sagte Ingibjörg zu Sigurður, dass er jetzt aus seinem Versteck hervorkommen könne.

Der König kam abends von der Jagd zurück und wusste nichts von dem, was vorgegangen war. Am nächsten Morgen bat Ingibjörg abermals den Königssohn, dass er doch endlich mit seinem Vater auf die Jagd gehen möchte. Allein Sigurður antwortete dasselbe wie am Tage vorher und sagte, er wolle lieber daheim bei seiner Stiefmutter bleiben.

Der König ritt wieder allein auf die Jagd. Ingibjörg verbarg jetzt Sigurður unter dem Tisch und zeigte großen Unwillen darüber, dass er ihr auch dieses Mal nicht gehorcht habe. Da erbebte der Boden und es kam abermals ein riesiges Trollweib, das bis zu den Waden hinauf in der Erde watete, in das Zimmer und sagte:

»Sei gegrüßt, Schwester Ingibjörg. Ist der Königssohn Sigurður zu Hause?«

»Nein«, antwortete Ingibjörg, »er ritt heute Morgen mit seinem Vater fort, um sich zu erlustigen.«

Ingibjörg deckte wieder für ihre Schwester auf und als sie sich satt gegessen hatten, erhob sich die Trollfrau und sagte:

»Ich danke dir für den besten Leckerbissen, das beste Lamm, die beste Kanne Bier und den besten Trank. Ist der Königssohn Sigurður zu Hause?«

Ingibjörg verneinte die Frage und hierauf nahmen sie voneinander Abschied.

Nun kroch Sigurður wieder aus seinem Versteck hervor.

Ingibjörg sagte: »Es ist von größter Wichtigkeit, dass du morgen nicht zu Hause bleibst.« Der Königssohn entgegnete jedoch, dass ihm dies wohl niemals Schaden bringen werde.

Als am nächsten Morgen der König sich anschickte fortzureiten, kam Ingibjörg zu Sigurður und bat ihn flehentlich, doch heute mit seinem Vater zu gehen. Aber Sigurður blieb allen ihren Bitten gegenüber taub.

Als der König fortgeritten war, verbarg Ingibjörg den Sigurður zwischen dem Getäfel und der Wand. Da begann wieder der Erdboden zu beben, und es kam eine riesige Trollfrau, die aber bis zu den Knien hinauf in der Erde watete, zu der Türe herein. Sie sprach mit fürchterlicher Stimme:

»Sei gegrüßt, Schwester Ingibjörg! Ist der Königssohn Sigurður zu Hause?«

»Nein«, entgegnete Ingibjörg, »er ist draußen im Walde, um sich zu erlustigen.«

»Das ist eine Lüge«, schrie die Trollfrau und sie zankten sich herum, bis Ingibjörg hoch und teuer versicherte, dass er nicht zu Hause sei.

Ingibjörg deckte hierauf den Tisch für ihre Schwester und nachdem sie gespeist hatten, sagte die Trollfrau:

»Ich danke dir für den besten Leckerbissen, das beste Lamm, die beste Kanne Bier und den besten Trank. Ist der Königssohn Sigurður zu Hause?«

»Nein«, antwortete Ingibjörg, »ich habe dir doch schon früher gesagt, dass er heute Morgen mit seinem Vater fortgeritten ist, um sich zu erlustigen.«

Da schrie die Trollfrau mit Donnerstimme:

»Ist er so nahe, dass er meine Worte hört, so lege ich den Fluch auf ihn, dass er halb verbrannt und halb verdorrt werde und nicht früher zu Rast oder Ruhe komme, bevor er mich findet.«

Nach diesen Worten ging sie ihrer Wege.

Ingibjörg holte Sigurður aus seinem Versteck hervor und er war da halb verbrannt und halb verdorrt.

»Da kannst du jetzt sehen, wie es dir erging«, sagte sie. »Aber wir dürfen nun keine Zeit verlieren, denn dein Vater wird bald nach Hause kommen.«

Sie nahm ein Knäuel aus einer Kiste, außerdem drei goldene Ringe und sagte zu Sigurður:

»Wenn du dieses Knäuel auf die Erde fallen lässt, wird es anfangen zu rollen, bis es bei einigen Felsen liegen bleibt. Da wirst du eine Trollfrau aus dem Felsen hervorkommen sehen, diese ist meine erste Schwester. Sie wird auf dich hinabrufen und sagen: Ah, das ist herrlich! Da ist der Königssohn Sigurður gekommen, der soll heute Abend in den Topf. Aber du brauchst deshalb nicht den Mut zu verlieren. Sie wird dich sodann mit einem Bootshaken zu sich hinaufziehen. Grüße sie von mir und gib ihr den kleinsten von den goldenen Ringen. Sie wird seelenvergnügt werden, wenn sie das Gold sieht, und dich zu einem Ringkampf auffordern. Wenn du dann ermattet bist, wird sie dir anbieten, aus einem Horne zu trinken, bis du solche Kräfte bekommst, dass du sie überwindest. Sie wird dich hierauf bis zum nächsten Morgen bei sich behalten. Auf gleiche Weise werden auch meine beiden anderen Schwestern mit dir verfahren. Vor allen Dingen aber merke dir: Wenn mein Hund zu dir kommt, seine Pfoten auf dich legt und Tränen über seine Schnauze niederfließen, so beeile dich, nach Hause zu kommen, denn dann ist mein Leben in Gefahr. Vergiss dann nicht deine Stiefmutter!«

Hierauf ließ Ingibjörg das Knäuel zur Erde fallen und Sigurður nahm rührenden Abschied von ihr.

Am Abend desselben Tages blieb das Knäuel bei den ersten Felsen liegen und Sigurður sah auf den Felsabhang eine Trollfrau hervorkommen. Als sie Sigurður erblickte, rief sie:

»Ah, das ist herrlich! Da ist der Königssohn Sigurður gekommen. Der soll heute Abend in den Topf! Herauf mit dir, Kamerad! Komm und ringe mit mir!«

Bei diesen Worten langte sie mit einem Bootshaken hinab und zog Sigurður zu sich hinauf. Dieser meldete ihr den Gruß ihrer Schwester und gab ihr den kleinsten von seinen goldenen Ringen. Die Trollfrau wurde seelenvergnügt, als sie das Gold sah, und forderte Sigurður auf, mit ihr zu ringen. Als sie merkte, dass er ermattete, gab sie ihm aus einem Horne zu trinken, bis er die richtige Stärke erhielt.

Am nächsten Tage warf er wieder das Knäuel auf die Erde und es blieb abermals bei mehreren Felsen liegen. Sigurður blickte umher und sah bald eine Trollfrau aus dem Felsen hervorkommen, die von größerem Wuchse war als die erste. Diese rief laut auf ihn herab:

»Ah, das ist herrlich! Da ist der Königssohn Sigurður gekommen, der soll heute Abend in den Topf! Auf, Kamerad! Komm und ringe mit mir!«

Zugleich zog sie Sigurður zu sich hinauf. Er meldete ihr den Gruß seiner Stiefmutter und gab ihr den zweitgrößten goldenen Ring. Die Trollfrau war außerordentlich erfreut, als sie das Gold sah, und forderte ihn zu einem Ringkampfe auf. Als sie merkte, dass er ermattete, gab sie ihm aus einem Horne zu trinken, und zwar so lange, bis er so stark wurde, dass er sie mit einer Hand zu Boden werfen konnte.

Am Morgen des dritten Tages legte er sein Knäuel wieder auf die Erde und das rollte, bis es bei dem dritten Felsen liegenblieb. Sigurður blickte nach oben und sah bald eine grässliche riesige Trollfrau auf den Abhang des Felsens hervortreten. Als diese Sigurður gewahrte, rief sie:

»Ah, das ist herrlich! Da ist der Königssohn Sigurður gekommen, der soll heute Abend in den Topf! Auf, Kamerad! Komm und ringe mit mir!«

Zugleich zog sie ihn zu sich hinauf. Sigurður meldete den Gruß seiner Stiefmutter und gab ihr den dritten goldenen Ring.

Die Trollfrau war unendlich erfreut über das rote Gold und forderte Sigurður zu einem Ringkampf mit ihr auf. Als sie merkte, dass ihn seine Kräfte verließen, gab sie ihm aus einem Horne zu trinken, bis er sie dahinbrachte, dass sie auf die Knie fiel. Da sagte die Trollfrau zu ihm:

»Nicht weit von hier ist ein See. Geh dahin. Du wirst dort ein kleines Mädchen sehen, das mit einem Kahne spielt. Trachte, mit diesem Mädchen gut Freund zu werden. Hier hast du einen kleinen goldenen Ring. Gib ihr denselben, das wird dir von Nutzen sein. Du hast ja deine Kräfte wiedergewonnen und deine Unternehmungen werden dir sicherlich gut gelingen.«

Hierauf schieden sie voneinander und Sigurður ging nun so lange, bis er zu dem See kam, von dem ihm die Trollfrau gesprochen hatte. Hier sah er ein Mädchen, das mit einem Kahne spielte. Er näherte sich ihm und fragte es um seinen Namen.

Sie heiße Helga und ihre Eltern wohnten nicht weit von hier, erhielt er zur Antwort.

Sigurður schenkte ihr den Ring und schlug ihr vor, dass sie mit ihm zusammen spielen sollte. Sie spielten denn auch zusammen den Rest des Tages hindurch. Als Helga des Abends nach Hause gehen wollte, bat er sie, dass er mit ihr gehen dürfe. Sie erwiderte jedoch, dass sie ihm dies nicht erlauben könne, da es keinem Fremden gelinge, in das Haus zu kommen, ohne dass ihr Vater es bemerke.

Sie ließ aber Sigurður gleichwohl mitkommen. Bevor sie aber in das Haus eintrat, hielt sie ihren Handschuh über ihn und in demselben Augenblick war Sigurður in ein Büschel Wolle verwandelt, das Helga unter dem Arm in das Haus trug und in ihr Bett hinaufwarf. In diesem Augenblick stürmte auch schon ihr Vater herein, roch und suchte in allen Winkeln und schrie:

»Es riecht hier nach Menschen! Was hast du da auf das Bett hinaufgeworfen, meine Tochter?«

»Es war nur ein Wollbüschel«, antwortete Helga.

»Vielleicht war es dann das!«, sagte der Alte.

Es verging die Nacht und als Helga des Morgens fortging, um zu spielen, nahm sie das Wollbüschel mit. Als sie zum See kam, hielt sie wieder ihren Handschuh darüber und Sigurður bekam wieder seine frühere Gestalt. Sie unterhielten sich zusammen den ganzen Tag hindurch. Als sie abends nach Hause gingen, sagte Helga zu Sigurður:

»Morgen werden wir mehr Freiheit zum Spielen haben, denn mein Vater geht in die Kirche und wir können zu Hause bleiben.«

Als sie vor dem Hause ankamen, schwang Helga ihren Handschuh über Sigurður und er wurde wieder in ein Büschel Wolle verwandelt, das sie in das Bett hinaufwarf.

Am nächsten Morgen ging Helgas Vater fort nach der Kirche. Sowie er sich entfernt hatte, erhob Helga ihren Handschuh über das Wollbüschel und Sigurður erhielt wieder seine natürliche Gestalt. Sie unterhielten sich nun zusammen, indem Helga dem Sigurður ein Zimmer nach dem anderen zeigte, denn ihr Vater hatte ihr alle Schlüssel übergeben, als er fortging.

Sigurður bemerkte zum Schluss, dass sich unter den Schlüsseln noch einer befand, mit dem Helga kein Zimmer aufgeschlossen hatte. Er fragte sie deshalb, zu welchem Zimmer dieser Schlüssel gehöre. Helga antwortete ihm, es sei dies ein besonderer Schlüssel.

»Ja, darin hast du wohl recht«, sagte Sigurður. »Allein du hast doch nichts dagegen, mir auch das Zimmer zu zeigen, das dieser aufschließt.«

In diesem Augenblick fiel sein Blick auf eine eiserne Tür, und er bat Helga auf das Inständigste, ihm dieses Zimmer zu zeigen. Helga antwortete, dass sie dies nicht dürfe, und wenn sie es schon tue, die Tür nur ganz wenig öffnen könne. Sigurður entgegnete, dass dies ja genug sein würde. Während aber Helga die Türe öffnete, stieß er sie ganz auf und trat ein. Er sah in dem Zimmer ein prächtig aufgesatteltes Pferd stehen, über dem ein reich mit Gold verziertes Schwert hing, auf dessen Griff folgende Worte eingeritzt waren:

»Wer auf diesem Rosse sitzt und sich mit diesem Schwerte umgürtet, dem wird das Glück folgen.«

Sigurður bat Helga, einmal auf diesem Pferd mit der ganzen prächtigen Ausrüstung um das Haus herumreiten zu dürfen. Helga antwortete, dass dies auf keine Weise angehen könne. Sigurður schmeichelte ihr aber so lange mit den schönsten Worten, bis sie endlich seinen Bitten nachgab. Sie sagte ihm jetzt auch, dass das Pferd Gullfaxi und das Schwert Gunnfjöður heiße, und fügte hinzu:

»Hier sind ein Zweig, ein Stein und ein Stock, die zu dem Übrigen gehören. Wenn man auf dem Pferd sitzt und von seinem Feind verfolgt oder am Leben bedroht wird, so braucht man nur den Zweig hinter sich zu werfen, dieser verwandelt sich sogleich in einen großen Wald. Und wenn der Feind gleichwohl von der Verfolgung nicht ablässt, so braucht man nur den Stock zu nehmen und damit auf die entgegengesetzte Seite des Steines, die weiß ist, zu stoßen. Es kommt dann ein so heftiges Hagelwetter, dass der Verfolger dabei umkommt.«

Nachdem Helga dem Sigurður all dies mitgeteilt hatte, erlaubte sie ihm auf sein inständiges Bitten, nur ein einziges Mal mit Stein, Zweig und Stock um das Haus herumzureiten.

Wie Sigurður auf Gullfaxi ums Haus herumreitet, sieht er in der Entfernung Helgas Vater herbeikommen. Er sprengt, so schnell er kann, in entgegengesetzter Richtung von dannen. Helga bricht nun in Tränen aus. Als der Troll seine Tochter weinen sieht, fragte er sie, warum sie weine, und sie erzählte alles, was sich zugetragen hatte. Da fing er augenblicklich an, aus allen Kräften dem Jüngling auf Gullfaxi nachzulaufen.

Sigurður sieht sich um und erblickt den Troll, wie er herankommt. Da warf er den Zweig hinter sich und sogleich schoss ein ungeheurer und dichter Wald zwischen ihm und dem Troll empor, sodass dieser genötigt war, um eine Axt nach Hause zu laufen und sich einen Weg durch den dichten Wald zu bahnen.

Als Sigurður sich zum zweiten Mal umsieht, ist der Troll schon wieder so nahegekommen, dass er beinahe den Schweif des Pferdes berühren kann. Da wandte er sich um und stieß mit dem Stock auf die weiße Fläche des Steines. Augenblicklich brach ein so heftiges Hagelwetter hinter ihm los, dass der Troll dabei umkam. Hätte er jedoch auf den Stein gestoßen, ohne sich umzuwenden, so würde ihm das Hagelwetter ins Gesicht gekommen sein und ihn selbst getötet haben.

Sigurður ritt nun weiter. Da kam die Hündin seiner Stiefmutter auf ihn zugelaufen, und er sah, dass dem Tier die Tränen über die Schnauze rannen. Da ritt er aus allen Kräften nach Hause zu seiner Stiefmutter und als er ankam, sah er, dass neun Knechte sie an einen Holzpflock festgebunden hatten und verbrennen wollten.

Sigurður sprang, das Schwert Gunnfjöður in der Hand, blitzschnell vom Pferd, stürzte auf die Knechte los und tötete sie alle. Hierauf befreite er seine Stiefmutter von ihren Fesseln, setzte sie auf das Pferd und begab sich heim zu seinem Vater.

Der König war aus Kummer krank geworden und lag im Bett, ohne eine Speise zu sich zu nehmen. Als er aber seinen Sohn erblickte, war er ganz außer sich vor Freude. Sigurður erzählte ihm all seine Erlebnisse. Der König aber hatte geglaubt, dass seine Stiefmutter ihn ums Leben gebracht habe.

Hierauf ritt Sigurður fort, um Helga zu holen. Er wurde später König und sie seine Königin.

Sie lebten lange und glücklich,
hatten Kinder und Kindeskinder,
gruben Wurzeln und Kräuter
und nun weiß ich die Geschichte nicht mehr weiter.

Die Kuh Búkolla

Es lebte einmal ein alter Mann mit seinem alten Weib in einer armseligen Hütte. Sie hatten einen Sohn, der aber wenig Gutes von sich erwarten ließ. Es waren nicht mehr Leute in der Hütte als diese drei.

Die beiden alten Leute hatten eine Kuh, und die war auch alles, was sie an Vieh besaßen. Diese Kuh hieß Búkolla.

Einmal bekam die Kuh ein Kalb, und das Weib selbst leistete ihr Beistand. Als dies vorüber war, begab sich das Weib in die Hütte. Etwas später kam sie wieder heraus, um nachzusehen, wie es der Kuh gehe. Da war diese verschwunden. Es machten sich nun beide, der Mann und das Weib, auf, um die Kuh zu suchen. Aber so lange sie auch suchten, so konnten sie die Kuh doch nicht finden. Da wurden sie sehr betrübt und befahlen ihrem Sohn, das Haus zu verlassen und sich nicht früher wieder daheim blicken zu lassen, bevor er nicht mit der Kuh zurückkäme.

Sie rüsteten den Jungen mit Reisekost und neuen Schuhen aus, und er machte sich auf den Weg. Er ging ohne Ziel ins Blaue hinein und als er lange, lange gegangen war, setzte er sich nieder und begann zu essen. Hierauf rief er:

»Brülle nun, liebe Búkolla, wenn du irgendwo am Leben bist!«

Da hörte er die Kuh aus weiter, weiter Ferne brüllen. Der Sohn des armen Häuslers ging wieder lange, lange. Hierauf setzte er sich abermals nieder, um zu essen, und rief:

»Brülle nun, liebe Búkolla, wenn du irgendwo am Leben bist!«

Da hörte er Búkolla zum zweiten Male brüllen, und zwar dieses Mal ein wenig näher als früher. Und abermals ging der Häuslerssohn lange, lange, bis er auf einen ungeheuer hohen Felsen kam. Dort setzte er sich nieder, um zu essen, und rief zugleich:

»Brülle nun, liebe Búkolla, wenn du irgendwo am Leben bist!«

Da hörte er die Kuh unter seinen Füßen brüllen. Er kletterte den Felsen hinab und entdeckte dort eine sehr große Höhle. Er ging in die Höhle hinein und fand hier die Búkolla angebunden. Ohne sich lange zu bedenken, machte er sie frei und führte sie hinter sich her aus der Höhle und der Hütte seiner Eltern zu. Er war jedoch nicht weit gekommen, als er eine schrecklich große Trollfrau ihm nacheilen sah, die von einer anderen kleineren begleitet wurde. Zugleich bemerkte er, dass die große Trollfrau so gewaltige Schritte machte, dass sie ihn bald einholen musste. Da sagte er zur Kuh:

»Was haben wir nun zu tun, liebe Búkolla?«

Die Kuh antworte:

»Reiß ein Haar aus meinem Schwanz und lege es auf die Erde!«

Dies tat er auch. Da sagte die Kuh zu dem Haar:

»Ich bestimme und wirke den Zauber, dass du zu einem so großen Fluss werdest, dass niemand darüber kommen kann als ein fliegender Vogel!«

Und in demselben Augenblick wurde das Haar zu einem ungeheuer großen Fluss. Als aber die Trollfrau zu dem Fluss kam, sagte sie:

»Das soll dir nicht helfen, Schurke!« »Eile heim, Dirne«, sagte sie zur kleinen Trollfrau gewendet, »und hole mir den großen Ochsen meines Vaters.«

Die Dirne ging und kam alsbald mit einem ungeheuer großen Ochsen wieder zurück. Dieser Ochse trank den ganzen Fluss aus. Da merkte der Sohn des Häuslers, dass ihn die Trollfrau bald wieder einholen werde, weil sie so gewaltig große Schritte machte. Er sagte deshalb zur Kuh:

»Was haben wir nun zu tun, liebe Búkolla?«

»Reiß ein Haar aus meinem Schwanz und lege es auf die Erde!«, antwortete die Kuh.

Er tat dies. Da sagte Búkolla zu dem Haar:

»Ich bestimme und wirke den Zauber, dass du zu einem so großen brennenden Scheiterhaufen werdest, dass niemand darüber kommen kann als ein fliegender Vogel.«

Und in demselben Augenblick wurde das Haar zu einem brennenden Scheiterhaufen. Als aber die Trollfrau zu dem Scheiterhaufen kam, sagte sie:

»Das soll dir nicht helfen, Schurke!« »Eile heim und hole mir den großen Ochsen meines Vaters, Dirne!«, sagte sie zur kleineren Trollfrau.

Diese ging und kam zurück mit dem Ochsen. Der Ochse aber gab alles Wasser von sich, das er aus dem Fluss getrunken hatte, und löschte so den brennenden Scheiterhaufen aus.

Nun bemerkte der Sohn des Häuslers, dass die Trollfrau ihn sogleich eingeholt haben werde, da sie so gewaltig große Schritte machte. Er sagte deshalb zur Kuh:

»Was haben wir nun zu tun, liebe Búkolla?«

»Reiß ein Haar aus meinem Schwanz und lege es auf die Erde!«, sagte die Kuh. Dies tat er auch. Da sagte die Kuh zu dem Haar:

»Ich bestimme und wirke den Zauber, dass du zu einem so großen Berg werdest, dass niemand darüber kommen kann als ein fliegender Vogel.«

Da wurde das Haar zu einem so hohen Berg, dass der Sohn des Häuslers dessen Gipfel nicht sehen konnte. Als aber die Trollfrau zu dem Berg kam, sagte sie:

»Das soll dir nicht helfen, Schurke!« »Hole mir das große Bohreisen meines Vaters, Dirne!«, sagte sie zur kleineren Trollfrau.

Die Dirne ging und kam zurück mit dem Bohreisen. Da bohrte die Trollfrau ein Loch durch den Felsen. Als sie durch dasselbe sehen konnte, kroch sie ohne Zaudern in das Loch. Aber es war zu eng. Sie blieb darin stecken und wurde endlich im Loche zu Stein. Und dort ist sie auch heute noch.

Der Häuslerssohn aber kam mit seiner Búkolla nach Hause und der Alte und sein Weib waren darüber sehr erfreut und glücklich.

Die Trollfrau im Steinnachen

Ein junges Königspaar, das längere Zeit bei den Eltern der Königin geweilt hatte, ist einst mit dem kleinen Sohne auf der Heimreise zum eigenen Königreich. Unterwegs tritt auf einmal Windstille ein, sodass das Schiff längere Zeit nicht weiterkommt. Die ganze Mannschaft, die nun nichts zu tun hat, liegt unter Deck und schläft, nur das Königspaar ist mit dem Söhnchen noch auf dem Verdeck. Aber auch den König übermannt die Müdigkeit, sodass er gleichfalls hinuntergeht, um sich schlafen zu legen. Wie die Königin einsam auf dem Deck mit dem Kinde spielt, sieht sie in der Ferne einen schwarzen Fleck, der immer größer wird. Endlich kommt er so nahe, dass sie einen Steinnachen mit einer einzigen Person in ihm erkennen kann. Er legt am Schiff an, und eine furchtbare Trollfrau steigt auf das Deck. In all dieser Zeit ist die Königin vor Entsetzen wie gelähmt. Sie kann kein Wort hervorbringen noch sich rühren. Die Trollfrau geht auf die Königin zu, nimmt ihr den Knaben aus dem Arm und zieht ihr die Kleider bis auf das Unterzeug aus. Dann legt sie sich selber die königlichen Gewänder an, wodurch sie sogleich ein menschliches Aussehen bekommt. Nun setzt sie die hilflose Königin in den Steinnachen und spricht dabei: »Ich bestimme und bewirke, dass du weder in der Fahrt noch im Fluge nachlassest, bis du zu meinem Bruder in die Unterwelt kommst.« Hierauf fährt der Steinnachen mit der Königin fort und ist bald jedem Blick entschwunden. Der kleine Knabe fängt jetzt an zu schreien. Die falsche Königin, die ihn nicht beruhigen kann, geht hinunter und weckt ihren Gemahl. Sie fährt ihn zum ersten Male in der Ehe mit rauen Worten an, weil er sie mit dem unruhigen Knaben allein oben auf Deck gelassen und selber in Behagen geschlummert habe. Nun sei das beste Wetter zum Segeln, und es wäre Zeit, dass die Mannschaft an die Arbeit käme. Ein günstiger Wind bringt das Schiff auch bald zum Königreich.

Der kleine Königssohn, der früher immer so brav und ruhig gewesen war, hört jetzt in Gegenwart seiner Mutter nicht mehr auf zu schreien, sodass er einer der Hofdamen zur Pflege übergeben wird. Hier wird er dann sogleich still und zufrieden.

Zwei junge Hofleute, die ihr Zimmer neben dem Zimmer der Königin haben, hören manchmal zu verschiedenen Tagesstunden drinnen ein so seltsames Geräusch. Neugierig halten sie einmal ihr Ohr an einen kleinen Spalt und vernehmen, wie die Königin sagt: »Wenn ich ein wenig gähne, bin ich ein zierliches, nettes Fräulein. Wenn ich mehr gähne, so bin ich eine Halbtrollfrau, und wenn ich aus voller Kraft gähne, werde ich zur Trollfrau.« In diesem Augenblicke gähnt die Königin ganz furchtbar und wird zum scheußlichsten Trollweib. Ihr dreiköpfiger Bruder kommt durch den Boden mit einem Trog voll Fleisch herauf, das dann von der Königin gierig verschlungen wird. Wie die jungen Leute das sehen, wundern sie sich nicht länger darüber, dass die Königin bei der Hoftafel immer nur so kleine Bissen zu sich nimmt. In einem anderen Zimmer des Schlosses, in dem sich der kleine Prinz mit seiner Pflegemutter aufhält, spielt sich gleichfalls mehrere Male ein seltsamer Vorgang ab. Einige Bodendielen heben sich in die Höhe. Eine wunderschöne Frau, nur im Leinenhemd und gefesselt mit einem Eisengürtel, an dem eine schwere Gliederkette herunterhängt, taucht auf. Sie geht zur Pflegerin, nimmt ihr das Kind ab, liebkost es und gibt es dann zurück. Hierauf verschwindet sie auf dem gleichen Wege. Am folgenden Tag wiederholt sich der gleiche Vorgang. Nur sagt die Frau, ehe sie verschwindet, mit trauriger Stimme: »Vorüber sind zwei, jetzt bleibt nur noch einer.«

Die Hofdame, die keinen Rat weiß, geht zum König und erzählt ihm alles. Am dritten Tage setzt dieser sich zur Pflegemutter des Sohnes ins Zimmer, das blanke Schwert auf dem Knie. Wie die Frau auftaucht, erkennt er in ihr seine Gemahlin. Kurz entschlossen haut er die Kette durch, mit der sie gefesselt ist. Im gleichen Augenblick kommt ein solcher Donner und so ein heftiges Erdbeben, als wenn das Schloss einzustürzen drohte. Dann wird alles still. Nun fallen König und Königin einander in die Arme, und sie erzählt ihm jetzt von all ihren Erlebnissen. Der schreckliche Troll, zu dem der Steinnachen sie gebracht hatte, wollte sie durchaus heiraten. Schließlich habe sie es ihm gelobt, wenn sie vorher drei Tage hintereinander ihr Söhnchen im Schloss besuchen dürfe. Durch das unerwartete Zerbrechen der Kette sei der Troll getötet worden, denn nur so sei das Erdbeben erklärlich.

Die beiden jungen Hofleute erzählen dann dem König, was sie im Zimmer seiner Gemahlin gesehen und gehört hatten. Die falsche Königin wird nun sogleich auch entlarvt und dem verdienten Tode übergeben.

Þorsteinn, der Königssohn

Es waren einmal ein König und eine Königin in ihrem Reich. Sie hatten einen Sohn, der Þorsteinn hieß. Dieser wuchs frühzeitig zu einem großen, starken Manne heran. Alle Leute hatten ihn herzlich lieb wegen seiner Güte und seiner Wohltätigkeit. Allein seine Freigebigkeit schien doch alles Maß zu überschreiten, und seine Mutter tadelte ihn deshalb oft auf das Schärfste wegen dieser Verschwendung und suchte diese mit aller Macht zu steuern. Aber er blieb doch bei seiner angenommenen Art und gab, soviel er nur konnte.

Als seine Mutter starb, dachte er, dass er nun seine Freigebigkeit unbehindert werde ausüben können, und war sehr glücklich darüber, dass er nicht länger mehr ihre Vorwürfe anzuhören brauchte. Er war auch vollkommen davon überzeugt, dass sein Vater in dieser Beziehung derselben Ansicht sei, da dieser ihm niemals Vorwürfe hierüber gemacht hatte. Es kam jedoch anders. Der König begann jetzt gleichfalls, ihn wegen seiner übermäßigen Freigebigkeit zu tadeln, und versuchte, ihn zu bewegen, sich vorzustellen, wie unklug eine solche Verschwendung sei und wie er dadurch endlich ganz verarmen werde. Aber da halfen weder Tadel noch Vorstellungen. Þorsteinn blieb derselbe, der er früher war, und schenkte alles weg, wenn er etwas hatte.

Dann starb auch sein Vater. Da hatte seine Freude keine Grenzen, als er allein über alles Gut schalten und walten konnte. Er beschenkte jeden mit Geld, der solches haben wollte, und es wurden deren ziemlich viele, sodass der Reichtum, den er von seinem Vater geerbt hatte, bald zu schwinden begann, obschon der sehr groß war.

Wir brauchen nicht viele Worte zu verlieren: Es ging bald Þorsteinns ganze Habe drauf, sodass ihm schließlich nichts mehr übrigblieb als das bloße Königreich. Da wollte er zuletzt das Reich verkaufen, um dafür Geld auf die Hand zu bekommen, das er verschenken könne. Er fand auch wirklich einen Käufer und bekam ein mit Gold und Silber beladenes Pferd für das Reich.

Als Þorsteinn das Reich verkauft hatte, begannen seine Freunde allmählich zu verschwinden, denn sie sahen, dass es hier nichts mehr für sie zu holen gebe. Da kam Þorsteinn freilich zur Einsicht, in welch traurige Lage er geraten sei, und er beschloss, diese ungetreuen Freunde zu verlassen. Er machte sich mit allem, was er hatte, auf und lud seine geringe Habe einem Pferd auf den Rücken. Er selber ritt seinen Roten. Er hatte dieses Pferd nie verkaufen wollen wegen der guten Eigenschaften, die es besaß.

Þorsteinn wanderte nun lange, lange dahin über öde Strecken und Heiden, ohne zu wissen, wo er war, oder sich zu kümmern, wohin er kam. Er ließ die Pferde grasen, wo er in diesen öden Gegenden Rasen fand, sonst aber hielt er sich nirgends auf. Als er einmal wieder die Pferde rasten ließ, war er sehr traurig. Er hielt es für beinahe gewiss, dass er auf dieser Reise sein Leben verlieren werde. Zugleich sah er aber auch ein, dass ihm nichts anderes übrigbleibe, als weiterzuwandern. Als er wieder eine Strecke weitergeritten war, stieß er auf ein Gehöft und war darüber sehr erfreut, da er so unendlich lange keinen Menschen gesehen hatte. Er bat um die Erlaubnis, hier über Nacht bleiben zu dürfen, und sie wurde ihm auch ohne Weiteres gewährt.

Þorsteinn schlief hier die Nacht über. Als er aber des Morgens erwachte, waren alle Leute vom Gehöft verschwunden. Er war darüber nicht wenig verwundert und dachte sich natürlich, dass hier irgendein Betrug dahinterstecken müsse. Er machte sich deshalb auf die Beine und lief aus dem Hause. Da sah er, wie der Bauer mit allen seinen Hausleuten auf das Eifrigste im Begriff war, einen Grabhügel nicht weit vom Gehöft aufzugraben. Þorsteinn fragte den Bauern, warum er sich denn so sonderbar gebärde, und war recht erstaunt, als er diese Verwüstung sah.

Der Bauer antwortete: »Dazu habe ich meinen guten Grund, denn in dem Hügel liegt ein Mann begraben, der mir zweihundert Reichstaler schuldig gewesen ist und dieselben nicht zurückbezahlt hat.«

Der Königssohn versuchte, dem Bauern aufzuzeigen, dass er auf diese Weise doch niemals zu seinem Gelde kommen werde, sondern eher noch mehr Schaden erleide, indem er durch dieses törichte Vorgehen nur Zeit verliere. Der Bauer aber entgegnete, das sei ihm gleichgültig. Er sei zufrieden, wenn der Tote im Grabe keine Ruhe habe, und werde daher sein Leben lang nicht aufhören, dasselbe zu tun wie heute.

Da fragte ihn der Königssohn, ob er sich damit zufriedengeben wolle, wenn ein anderer ihm die Schuld des toten Mannes zurückbezahlen würde. Der Bauer sagte Ja. Da schenkte ihm der Königssohn sein ganzes Geld. Der Bauer hörte jetzt auf, das Grab zu zerstören, und versprach, dies auch in Zukunft nicht mehr zu tun.

Der Königssohn bat hierauf den Bauern, er möchte ihm einen Weg zeigen, auf dem er in bewohnte Gegenden käme, wo sich viele Menschen aufhielten. Der Bauer tat dies und sagte, wenn er eine Weile auf dem Wege, der von seinem Hofe wegführe, dahin gegangen sei, werde er zu einer Wegkreuzung kommen. Er solle dann nicht den Weg, der gen Osten liege, einschlagen, sondern den andern.

Der Königssohn dankte ihm für diese Auskunft und ritt weiter. Als er zu der Wegkreuzung kam, nahm er den Weg, der gen Westen lag. Er war aber noch nicht weit auf dem Weg dahingeritten, als er sich dachte, es müsse ganz lustig sein zu erfahren, ob es denn mit irgendeiner Gefahr verbunden sei, auf dem anderen Weg zu reisen. Er kehrte zur Kreuzung zurück und ritt auf dem östlichen Wege weiter, bis er zu einem prächtigen Hof kam, der von allen Seiten teils von der Natur, teils von Menschenhand abgeschlossen und befestigt war. Er fand jedoch einen schmalen Fußsteig, der zu dem Hof führte, ließ die Pferde zurück und ging dem Hofe zu.

Er kam zunächst zu einem Haus und trat ein, denn es war nicht verschlossen. Kein Mensch aber war draußen zu sehen. In dem Haus befanden sich sieben Betten, die alle sehr schön waren, doch war eines von besonderer Pracht. In der Mitte stand über die ganze Länge des Hauses ein Tisch und auf diesem befanden sich Teller. Aber auch hier erblickte Þorsteinn keinen Menschen. Er verließ das Haus wieder, um nach seinen Pferden zu sehen, denn er gedachte hier zu übernachten, obschon ihm dies ziemlich gefährlich erschien. Er nahm den Pferden die Sättel ab und ließ sie grasen. Hierauf holte er sich das Nötige aus seinem Reisegepäck hervor und nahm auch sein Schwert mit sich, das nächst dem Roten sein kostbarstes Kleinod war.

Hierauf kehrte er wieder zu dem Hof zurück und ging in jedes Haus, in das er eintreten konnte. In einem fand er einen Vorrat an Speisen. Er nahm einiges davon und gab auf jeden Teller auf dem Tisch eine ausgiebige Portion. Sodann bereitete er alle Betten mit großer Sorgfalt. Obgleich er glaubte, dass er nun auch sich selbst Ruhe gönnen dürfe, wagte er es doch nicht, von einem der Betten Gebrauch zu machen, sondern suchte sich einen finstern Winkel aus, um dort zu ruhen.

Nach einer Weile hörte Þorsteinn ein starkes unterirdisches Gedröhn. Bald wurde auch die Türe aufgestoßen, und es trat jemand mit schweren Schritten ein. Da hörte Þorsteinn, wie jemand sagte:

»Es ist jemand hierhergekommen. Dem wollen wir die Zeit vertreiben.«

Ein anderer sagte darauf:

»Das soll nicht geschehen, ich nehme ihn in meinen Schutz. Ich habe hier so viel zu sagen, dass ich über das Leben eines Mannes verfügen kann. Er hat sich uns aus freiem Antrieb dienstfertig bezeigt, hat unsere Betten bereitet, Speisen aufgetragen und alles wohl getan. Wenn er sich zeigt, soll ihm kein Leid zugefügt werden.«

Bei diesen Worten lebte der Königssohn, der schon das Schlimmste befürchtete, wieder neu auf und beruhigte sich. Die Burschen schienen ihm ziemlich groß zu sein und eher Trollen als Menschen ähnlich zu sehen. Besonders der Anführer war ein ungemein großer und starker Troll.

Þorsteinn blieb bei ihnen über Nacht. Des Morgens luden ihn

die beiden ein, er möge eine Woche lang bei ihnen bleiben. Sie sagten zugleich, dass er nichts anderes zu tun haben sollte, als die Speisen für sie zu bereiten und die Betten zu machen. Þorsteinn ging darauf ein und blieb eine Woche lang dort.

Da die Eigentümer des Hofes mit Þorsteinn sehr zufrieden waren, drangen sie in ihn, dass er noch ein Jahr lang bei ihnen bleibe, und obwohl ihm der Aufenthalt dort ziemlich langweilig erschien, ließ er sich doch dazu bewegen. Der große Troll versprach Þorsteinn reichlichen Lohn und übergab ihm alle Schlüssel des Hofes bis auf einen. Diesen trug der Troll selbst immer an einer Schnur um den Hals.

Der Königssohn ging nun in alle Zimmer des Hofes mit Ausnahme des einen, zu dem ihm der Troll den Schlüssel vorenthalten hatte. Denn von all den Schlüsseln, die Þorsteinn besaß, passte keiner zu der Türe dieses Zimmers. Er versuchte auch, die Türe aufzusprengen. Allein es gelang ihm nicht.

Später bemerkte Þorsteinn, dass der große Troll jeden Abend und jeden Morgen in dieses Zimmer ging. Als er schon länger auf dem Hof war, fragte er den Troll: »Warum hast du mir zu allen Zimmern die Schlüssel gegeben, nur nicht zu diesem einen. Bin ich in dem, was mir bis jetzt anvertraut worden, treu gewesen, so werde ich es auch in dem sein, was sich in diesem Zimmer befindet.«

Der Troll antwortete, es sei gar nichts dahinter. Er möge dies wissen, denn er sehe, dass er ihm treu gewesen sei, wo es sich um Großes handelte. Und damit fertigte er Þorsteinn ab.

Der Königssohn blieb volle vier Jahre in Ruhe auf dem Hof und bekam dafür sehr reichlichen Lohn, denn die beiden Trolle waren von Tag zu Tag zufriedener mit ihm. Was ihn aber am meisten bewog, so lange hier zu bleiben, war, dass er beständig auf eine Gelegenheit wartete, um dahinter zu kommen, ob sich wirklich gar nichts in dem geheimnisvollen Zimmer befinde.

Eines Morgens, als er mit der Bereitung von Kuchen beschäftigt war, dachte er wieder über diesen Gegenstand nach. Da kam ihm ein Gedanke. Er schlich zu der Haustüre des Hofes, schlug heftig an dieselbe und lief hierauf aus allen Leibeskräften zu den Trollen, die noch im Bett lagen. Ganz erschreckt und mit dem Kuchenteig in der Hand, den er geknetet hatte, fragte er, ob sie nichts gehört hätten. Sie sagten, dass sie wohl etwas gehört hätten, jedoch glaubten, dass er bei seiner Arbeit irgendeinen Lärm gemacht habe.

Þorsteinn entgegnete, dass dies durchaus nicht der Fall sei, und fügte hinzu, er habe es nicht gewagt, die Türe zu öffnen, aber es habe ganz bestimmt jemand geklopft.

Die Trolle sagten, er hätte gut daran getan, die Türe nicht aufzuschließen, und erhoben sich nun selbst aus ihren Betten und liefen nur halb angekleidet zur Türe. Der größere Troll hatte aber den Schlüssel zu dem geheimnisvollen Zimmer unter seinem Kopfkissen, wo er ihn die Nacht über zu verwahren pflegte, liegen gelassen, und Þorsteinn drückte denselben rasch in seinem Kuchenteig ab.

Die Trolle kamen wieder zurück und waren nicht wenig aufgebracht, denn sie hatten ja, wie sie vorausgesehen, niemanden vor der Tür gefunden. Sie warfen Þorsteinn vor, dass er dies nur gesagt habe, um sie zum Narren zu halten. Er aber gab dies durchaus nicht zu, sondern sagte, es müsse dann irgendein Geist gewesen sein.

Der Königssohn begann alsbald zu versuchen, ob er nicht nach dem Muster im Kuchenteig einen Schlüssel verfertigen könne. Anfangs wollte es ihm nicht gelingen, aber nach langer Mühe brachte er ihn doch zustande.

Er schloss nun die verbotene Türe auf und trat in das Zimmer. Hier war es jedoch stockfinster. Er zündete ein Licht an und blickte nach allen Seiten umher. Da sah er ein Mädchen, das an den Haaren angebunden war. Er beeilte sich zunächst, es loszubinden und fragte es sodann um Herkunft und Geschlecht.

Das Mädchen erzählte, dass es eine Königstochter sei, die der große Troll entführt habe und zwingen wolle, dass sie sein Weib werde. Da es sich mit aller Macht dagegen sträube, peinige es der Troll auf so grässliche Weise. Die Ärmste war bereits so mager geworden, dass sie fast nur aus Haut und Knochen bestand, denn der Troll ließ sie auch Hunger leiden.

Der Königssohn gab ihr Speise und tröstete sie. Als es Abend wurde, band er sie wieder mit den Haaren fest. Er besuchte sie nun jeden Tag und gab ihr hinreichend zu essen. Des Abends aber befestigte er sie immer an den Haaren, sodass der Troll nichts merkte und nicht die geringste Ahnung davon hatte, was während des Tages vorgegangen.

Als auch das fünfte Jahr verstrichen war, sagte Þorsteinn zu den Trollen, dass er endlich fortwolle. Allein dieselben wollten ihn um jeden Preis noch auf dem Hofe zurückhalten. Da verlangte Þorsteinn von dem großen Troll, dass er ihm, wenn er noch ein Jahr bliebe, dasjenige als Lohn gebe, was sich in dem Zimmer befinde, in das er noch nicht gekommen sei, ob dieses nun einen großen oder geringen Wert habe.

Der Troll sagte, er solle doch nicht etwas verlangen, was ganz wertlos sei. Es sei viel besser, wenn er seinen gewöhnlichen Jahreslohn erhalte. Aber der Königssohn ließ sich von seinem Verlangen nicht abbringen. Er sagte, es möge ihm seinetwegen zum Schaden oder zum Vorteil sein, er wolle einmal nichts anderes zum Lohne haben als dies. Sie zankten sich darüber so lange herum, bis endlich der Troll nachgab und Þorsteinn versprach, sein Verlangen zu erfüllen.

Es braucht wohl nicht erst erzählt zu werden, wie sich Þorsteinn während dieses Jahres gegen die Königstochter benahm. Als das Jahr um war, schloss der Troll das Zimmer auf, denn der Königssohn ließ sich jetzt nicht mehr bewegen, länger hier zu bleiben. Der Troll kam mit dem Mädchen heraus und zeigte sich nicht wenig erstaunt, dass es so wohlgenährt war, doch legte er der Sache weiter kein Gewicht bei, sondern übergab Þorsteinn das Mädchen.

Þorsteinn rüstete sich nun zur Abreise, holte seine Pferde herbei, für die er die ganze Zeit Sorge getragen hatte, und brachte sein Gepäck in Ordnung. Mit dem fünfjährigen Lohne war aber das letztere so groß geworden, dass er glaubte, er werde nicht das Ganze mitnehmen können.

Die Königstochter sagte Þorsteinn, er möchte auf seiner Hut sein, denn die Trolle hätten vor, ihn auf dem Wege zu erschlagen. Er nahm deshalb sein gutes Schwert in die Hand und legte seine Kriegsrüstung an.

Es geschah so, wie die Königstochter gesagt hatte. Sie hatten nur eine kurze Strecke des Weges zurückgelegt, als drei Trolle auf sie zukamen und Þorsteinn angriffen. Dieser wehrte sich jedoch tapfer und tötete alle drei. Während er noch ganz erschöpft war, kamen zwei andere Trolle herbei, und es gelang Þorsteinn auch diese tot niederzustrecken. Aber nun kamen noch zwei andere nach und zwar der große Troll selbst mit seinem Bruder. Sie gingen wütend auf Þorsteinn los. Doch dieser brachte alsbald den Bruder des Trolls zu Fall. Darüber wurde der Troll selbst ganz rasend, er warf die Waffen weg, stürzte sich auf den Königssohn und begann, mit ihm zu ringen. Diesmal konnte Þorsteinn nicht Stand halten. Er fiel zu Boden und der Troll auf ihn.

Als die Königstochter sah, in welcher Bedrängnis Þorsteinn sich befand, ergriff sie ein kurzes Schwert, das einer der Trolle gehabt hatte, und durchbohrte damit den großen Troll. Hierauf half sie Þorsteinn, das Ungetüm von ihm abzuwälzen.

Nach all diesen Erlebnissen hatte Þorsteinn nicht den Mut, seine Reise diesmal weiter fortzusetzen. Er kehrte daher mit der Königstochter wieder zu dem Hof der Trolle zurück, und obwohl sie sich hier nicht gerne aufhielten, glaubten sie doch, dass sie eine Zeit lang dortbleiben sollten, um abzuwarten, ob nicht in der Nähe ein Schiff anlanden würde, denn der Hof lag ganz vorne am Meer. Auch wollten sie so viel als möglich von den Schätzen der Trolle mit sich nehmen.

Nach Verlauf einiger Zeit sahen sie endlich ein Schiff an Land kommen. Sie begaben sich zu der Mannschaft, um zu unterhandeln. Der Kapitän des Schiffes hieß Rauður und war ein Minister des Königs, des Vaters des Mädchens. Der König hatte diesem seine Tochter versprochen, wenn er sie finden und ihm zurückbringen würde.

Die Schiffsmannschaft war sehr freundlich gegen Þorsteinn

und die Königstochter und lud all ihre Habe auf das Schiff. Es war dies aber ein großer Reichtum. Hierauf bestiegen die beiden selbst das Schiff und segelten mit ihm ab. Als sie auf die hohe See gekommen waren, ließ Rauður den Königssohn allein in einem Boot aussetzen, und die Mannschaft musste ihm schwören, niemals von Þorsteinn zu sprechen, sondern zu sagen, dass er selbst die Trolle erschlagen und die Königstochter befreit habe. Diese aber brachte er nicht dazu, einen Eid zu schwören, er mochte es mit guten Worten oder Drohungen versuchen. Gleichwohl glaubte Rauður, alles wohlgetan zu haben, und segelte frohen Mutes heim.

Von Þorsteinn aber haben wir zu erzählen, dass das Boot mit ihm auf den Wogen dahintrieb und er von großer Furcht erfüllt war. Da hörte er jemanden sagen:

»Fürchte dich nicht, wenn du auch auf dem Meer herumgetrieben wirst. Ich werde dir helfen.«

Das Boot flog nun so rasch dahin, als ob es an Zügeln geführt würde, und es kam ebenso schnell ans Land wie das Schiff, doch an einer anderen Stelle als dieses. Derjenige aber, der das Boot an Land brachte, war der Tote, für den Þorsteinn früher die Schuld gezahlt hatte. Er sagte zu Þorsteinn, dass er in das Land gekommen sei, welches der Vater des Mädchens beherrsche. Er solle des Königs Pferdebursch werden und die roten Pferde des Königs hüten. Was sich aber unter ihrer Krippe befinde, gehöre ihm.

Hierauf verließ der Tote Þorsteinn. Dieser ging ins Königsschloss und wurde hier der Pferdewärter des Königs. Sein Roter war mit dem Schiffe ebenfalls dahin gelangt und wurde jetzt den roten Pferden des Königs beigegeben. Er ließ jedoch niemanden in seine Nähe kommen als die Königstochter und den Pferdewärter.

Als der König seine Tochter wiedergefunden hatte, wurde er von unbeschreiblicher Freude erfüllt und ließ sogleich ein großes Freudenmahl für sie veranstalten. Bald darauf sollte auch Rauður seine Hochzeit mit der Königstochter halten. Sie wollte dies jedoch nicht, sondern bat den König, dass er den Pferdewächter seine Lebensgeschichte erzählen lassen möchte. Der König willigte ein, und es kam nun die ganze Wahrheit an den Tag.

Hierauf wurde Rauður getötet und die Schiffsmannschaft gefoltert. Þorsteinn aber erhielt die Königstochter samt der Hälfte des Reiches. Unter den Pferdekrippen fand er eine ungeheure Menge von Schätzen aller Art.

Nach dem Tode des Königs erhielt Þorsteinn das ganze Reich. Er lebte lange und glücklich und galt als der ausgezeichnetste König und wurde von allen aufs Innigste geliebt bis in sein hohes Alter.

Kohlensteiß auf dem Steckenpferd

Es lebte einmal ein alter Mann mit seinem alten Weibe in einer armseligen Hütte. Sie hatten drei Töchter. Die älteste hieß Signý, die zweite Asa und die dritte Helga. Die beiden ältesten Schwestern, Signý und Asa, hatten glückliche Tage im Vergleich zu Helga, denn die Eltern liebten die zwei ältesten sehr und erfüllten ihnen all ihre Wünsche. Helga hingegen hatte sich nur geringer Liebe ihrer Eltern zu erfreuen und musste alle die Geschäfte verrichten, welche am unangenehmsten und beschwerlichsten waren und die auch die alte Mutter nicht verrichten wollte. Sie musste alle grobe Arbeit tun, in der Küche sein, mit der Mutter das Essen bereiten und alles putzen und reinigen, was in der Hütte der Reinigung bedurfte. Die älteren Schwestern hielten sich von all dem ferne. Im Winter saßen sie wie zwei Prinzessinnen im Zimmer auf einer Bank, im Sommer aber sonnten sie sich im Freien, gingen in schönen Kleidern spazieren und dachten an nichts anderes als an ihren Putz.

Gleichwohl beneideten sie Helga, denn obschon sie nur in Lumpen gehüllt war, die gröbsten Arbeiten verrichten musste und keine andere Ruhestätte hatte als den Aschenhaufen draußen in der Küche, so erschien sie doch allen als die schönste der Schwestern und dies ärgerte die beiden anderen sehr.

Da kam einmal ein wohlgekleideter und hübscher Mann und freite um Signý. Sowohl den Eltern wie auch Signý selbst gefiel der Mann, und da sie fanden, dass dies eine ansehnliche Partie sei, gaben sie ihr Jawort dazu. Der Mann zog hierauf sogleich mit Signý fort. Sie waren aber noch nicht weit von der Hütte entfernt, als er seine Gestalt wechselte und zu einem Troll mit drei Köpfen wurde. Er fragte nun Signý: »Wünschest du, dass ich dich trage oder dass ich dich ziehe?« Signý wählte, was das Angenehmere war, und sagte, sie wünsche, dass er sie trage. Er ließ sie sich auf einen seiner Köpfe setzen und trug sie so hinein in seine Höhle. Hier führte er sie in einen Keller, band ihr die Hände auf den Rücken, schlang ihre Haare um eine Stuhllehne und ging hierauf fort und sperrte den Keller zu.

Kurze Zeit nachher kam wieder ein Mann zu dem Alten und seinem Weibe und freite um Asa. Er war vornehm gekleidet und hatte, nach der Meinung der Eltern, das Aussehen eines wohlhabenden Mannes, außerdem gefiel er auch Asa. Es wurde daher beschlossen, dass der Mann sie zum Weibe bekommen solle und derselbe zog mit ihr fort vom väterlichen Hause.

Sie waren noch nicht weit von der Hütte entfernt, als dieser Mann zu einem schrecklich großen Troll mit drei Köpfen wurde. Er stellte dieselbe Frage an Asa, die er auch an ihre Schwester Signý gerichtet hatte, und es geschah genau dasselbe, was schon früher von ihrer Schwester und ihm erzählt worden ist.

Es kam nun zum dritten Male ein Mann in die Hütte der alten Leute und hielt um die Hand ihrer Tochter an. Es war dies ein stolzer und ansehnlicher Mann. Die alten Leute aber baten ihn, er möge doch mit solchen Reden aufhören, »denn wir haben keine Tochter mehr zu vergeben, wir haben schon alle verheiratet, die wir hatten«. Der Mann bestand jedoch nur noch eifriger auf seiner Werbung. Sie hätten gleichwohl noch eine Tochter, die nicht verheiratet sei, meinte er.

Die alten Leute gaben endlich zu, dass sie allerdings noch eine Tochter besäßen, aber es falle ihnen nicht ein, zu glauben, dass irgendein Mensch Liebe zu dieser fassen könne, denn sie sei ein hässliches Ding und dabei das nichtswürdigste Geschöpf der Welt. Der Mann aber bestand nur umso mehr auf seiner Werbung und bat, dass er das Mädchen sehen dürfe.

Helga wurde aus der Küche herbeigerufen und dem Fremden gezeigt. Dieser drängte nun die alten Leute, ihm ihre Tochter nicht länger zu verweigern. Wenn er sie schon durchaus haben wolle, so hätten schließlich auch sie nichts dagegen, meinte endlich der Vater. Um Helgas eigene Meinung aber wurde nicht gefragt.

So zog denn der Mann mit Helga fort und als sie ein kurzes Stück Weges zurückgelegt hatten, verwandelte er sich, wie früher, zu einem Troll und ließ Helga dieselbe Wahl wie ihren Schwestern. Sie entschied sich dafür, gezogen zu werden, und es wird nichts Weiteres von ihnen gemeldet, bis sie in der Höhle des Trolls ankamen.

Da sagte der Troll zu Helga:

»Nun sollst du alle häuslichen Arbeiten hier verrichten, die Höhle fegen und reinigen, mein Essen bereiten, mir in allem an die Hand gehen und mein Bett machen.«

So verging einige Zeit. Während des Tages besorgte Helga alle häuslichen Arbeiten in der Höhle, des Abends und Morgens aber bediente sie den Troll. Dieser brachte regelmäßig den Tag mit Jagen und Fischen zu. Des Abends trug er seinen Fang heim, der entweder aus Fischen oder Vögeln bestand, und ging sodann an seine Mahlzeit, bei der er nicht gerade die feinsten Manieren an den Tag legte.

Bevor er des Morgens vom Hause fortging, gab er Helga jedes Mal, was sie brauchte. Sie bemerkte jedoch, dass der Troll immer selbst zu seinen Behältern und Verschlägen ging und sie nie dabei zusehen ließ. Auch nahm er jedes Mal, wenn er die Höhle verließ, seine Schlüssel mit sich. Das einzige lebende Geschöpf, von dem Helga wusste, dass es sich außer ihr noch in der Höhle aufhalte, war ein winzig kleiner Hund, der ihr gehörte und an dem sie viel Vergnügen hatte. Sie bemerkte aber, dass er immer, wenn sie mit ihrer Arbeit beschäftigt war, oder sich nicht mit ihm abgab, davonlief, jedoch wieder zurückkam, wenn sie ihn rief, wenngleich nicht augenblicklich. Sie schloss daraus, dass er sehr weit von der Höhle fortlaufe.

Eines Tages begann Helga, die Höhle zu untersuchen, und stieß dabei auf eine versperrte Türe, vor welcher der Hund lag. Sie schaute durch das Schlüsselloch, und es schien ihr, dass sie zwei Mädchen sehe, die je auf einem Stuhle saßen, und es kam ihr der Gedanke, ob dies nicht ihre beiden Schwestern sein könnten. Da wurde sie sehr betrübt über das harte Los, das diese hier erleiden mussten, obschon ja die Schwestern selbst sie in früherer Zeit nicht besser behandelt hatten.

Als der Troll des Abends heimkam, war Helga sehr munter und gesprächig und trieb allerlei Scherze mit ihm, während er bei seiner Mahlzeit saß. Sie fragte ihn unter anderem auch, wie er mit ihrer Arbeit und Wirtschaft in der Höhle zufrieden sei. Er sei damit ganz zufrieden, sagte er, und sie sprachen lange zusammen, bis sie ihn endlich fragte, wie sie selbst ihm gefalle. Der Troll sagte, sie gefalle ihm sehr gut, er habe sie ja auch deshalb geholt, weil er wusste, was für ein hübsches Weib sie sei. Da sagte Helga:

»Wenn du etwas Besseres mit mir beabsichtigt hättest, als dass ich deine Magd sei, würdest du nicht so misstrauisch gegen mich gewesen sein und mir gewiss erlaubt haben, in deiner Höhle überall und zu allen Verschlägen und Behältnissen herumzugehen, und dann hätte ich mich auch an deinem Reichtum erfreuen können. Aber du hältst alles vor mir verschlossen, hast mir selbst alles vorgegeben, was ich brauchte, und mir niemals erlaubt, von deinem Eigentum freien Gebrauch zu machen.«

Es sei richtig, was sie da sage, meinte der Troll, er hätte ihr niemals seine Schlüssel gegeben. »Aber dies tat ich, weil ich dich auf die Probe stellen wollte. Nun will ich dir nicht länger verbergen, dass ich bald unsere Hochzeit zu feiern gedenke, und deshalb sollst du auch die Schlüssel zu allen meinen Behältern und Verschlägen in Empfang nehmen, und über alles verfügen können, was mir gehört. Nur einen Verschlag sollst du nicht aufsperren, wenn auch einer von den Schlüsseln im Bunde zum Schloss passt, und ich rate dir, dass du dich wohl in Acht nehmest, dies zu tun.«

Helga nahm den Schlüsselbund in Empfang und sagte:

»Du hast brav gehandelt. Nicht nur weil du mich nicht betrügen willst, sondern auch weil du mir erlaubst, mit deinem Eigentum frei zu schalten und zu walten. Aber nun naht ja auch die Zeit, wo es sich für mich geziemt, mit der Einrichtung in deinem Hause etwas näher bekannt zu werden, als dies bis jetzt der Fall war. Da du, wie du sagst, im Sinne hast, recht bald die Hochzeit mit mir zu halten, glaube ich, dass es nicht schaden wird, die Höhle gründlich zu reinigen und das eine oder andere an einen passenderen Platz zu geben, und ich will gleich morgen an diese Arbeit gehen.«

Sie begaben sich hierauf zur Ruhe und schliefen die Nacht hindurch.

Am nächsten Tage ging der Troll wieder wie gewöhnlich fort. Helga aber begann, in seinen Verschlägen und Behältern nachzusehen. Nachdem sie dies sonst überall getan, ging sie auch zu der Türe, vor welcher der Hund oft lag, und versuchte den einzigen Schlüssel, den sie noch nicht gebraucht hatte, und den zu benutzen der Troll ihr verboten hatte. Die Tür öffnete sich sogleich und als Helga in diesen Raum eintrat, fand sie ihre beiden Schwestern, die halb verhungert, ausgezehrt und verkommen waren. Sie löste sie von ihren Banden los und erfrischte sie, so gut es ihr möglich war.

Nun erzählten sie Helga ihr Leben bei dem Troll. Er habe sie, sagten sie, zur Ehe zwingen wollen, da sie sich aber dazu nicht willig zeigten, habe er sie in diese abgelegene Höhle gesperrt und ihnen nur so viel Nahrung vergönnt, als sie brauchten, um kümmerlich ihr Leben fristen zu können. Als Helga dies gehört hatte, sagte sie:

»Da gilt es unversäumt Rat zu schaffen, und ich habe im Sinne, euch von hier fortzubringen, wie es auch mir selbst später ergehen möge. Ich habe mir ausgedacht, euch durch den Troll zu Vater und Mutter nach Hause tragen zu lassen und zwar in einem Sack, den ich mit alten Fischhäuten und den Mahlzeitüberresten des Trolls ausfüllen will.«

Hierauf nahm sie einen großen Sack, ließ die Schwestern dort hineinsteigen und füllte ihn dann rings herum mit den Speiseüberresten des Trolls aus. Nachdem sie damit fertig war, stellte sie den Sack hinten an die Wand der Höhle.

Als der Troll des Abends nach Hause kam, stellte sich Helga, als ob sie sehr traurig und betrübt wäre, und er drang daher an, um zu erfahren, was ihr fehle. Sie aber sagte, ihre Traurigkeit komme daher, dass sie von ihrem Tagewerk ermüdet sei sowie auch daher, dass sie wisse, wie ihre Eltern kaum einen Bissen Nahrung im Hause hätten, während sie hier im Überfluss lebe. Dem Troll gingen diese Klagen zu Herzen, und er sagte, dass er da leicht Hilfe schaffen könne. Darauf entgegnete Helga:

»Ich habe heute schon darüber nachgedacht, wie du mit dem geringsten Schaden für dich selbst der Not meiner Eltern abhelfen könntest. Ich glaube nämlich, dass du wohl kaum die Überreste vermissen wirst, die immer von deinem Frühstück und deinem Nachtmahl zurückbleiben und die bisher unter dem übrigen Kram in der Höhle herumgelegen sind. Ich habe sie zusammengesucht und einiges davon in diesen Sack da gegeben, der, wenn er auf eine leichte Art zu meinen Eltern gebracht werden könnte, für diese eine leichte Versorgung sein würde. Aber nun ist der Sack so schwer geworden, dass ich ihn nicht heben kann, und dennoch enthält er nicht die Hälfte von diesen Überresten. Da hoffe ich, dass du mir den Gefallen erweisen und diesen Sack morgen zu meinen Eltern bringen wirst. Auf diese Weise hilfst du nicht nur ihnen in ihrer Not, sondern befreist mich auch von der Mühe und Arbeit, die deine Speiseüberreste mir tagtäglich verursachen. Aber ich verbiete dir auf das Strengste, dass du etwas im Sacke berührst oder darin umwühlst. Und du sollst ja nicht glauben, dass ich es nicht sehen oder wissen würde, denn ich sehe durch Wälder, Höhen und meine Höhle. Auch kannst du sicher sein, dass es aus der Heirat mit mir nichts werden wird, wenn du meinem Befehl nicht gehorchst.«

Der Troll versprach, ihr in allem zu gehorchen und jeden ihrer Wünsche zu erfüllen, und sagte hierauf:

»Nun sollst du alles fertig machen für unsere Hochzeit, die morgen stattfinden wird.«

Sodann bezeichnete er ihr all die Dinge, die für das Hochzeitsmahl notwendig seien, und sie fand, dass es nicht wenige waren. Er kam auch mit einem Bündel herbei, das er aufband und aus dem er dann ein Brautkleid hervorzog. Er bat Helga, dieses anzuziehen, sobald sie mit den Vorbereitungen zu dem Mahle fertig sei, denn es müsse schon alles bereit sein, wenn die Hochzeitsgäste ankämen, sagte er. Wenn er ihren Eltern den Sack bringe, werde er auch gleich die Gäste einladen. Helga antwortete ihm, er könne ganz ruhig sein, es werde schon alles bereit sein, wenn die Gäste kämen, und sie tat, als ob ihr sehr daran gelegen sei, dass die Hochzeit so bald als möglich stattfinde. Hierauf sprachen sie nicht weiter zusammen und legten sich schlafen.

Am nächsten Morgen stand der Troll zeitig auf, nahm den Sack auf den Rücken und trabte damit fort zu der Hütte der Eltern seiner Braut. Als er ein gut Stück Weges von der Höhle weg zurückgelegt hatte, ward ihm der Sack so schwer, dass er denselben von der Schulter nahm, um sich auszuruhen. Er hatte kaum seine Bürde abgelegt, als die eine der Schwestern sagte:

»Ich sehe durch Wälder, Höhen und meine Höhle!«

Da meinte der Troll, dass Helga ihn sehe, und er sagte:

»Nein, nicht will in den Sack ich sehen
und sollt auch brechen mir der Rücken.
Ein scharfes Auge hat meine Helga,
sie kann durch Wälder, Höhen und ihre
Höhle blicken.«

Aber er wurde bald zum zweiten Male müde und fand den Sack ungewöhnlich schwer. Er setzte ihn deshalb wieder auf die Erde nieder. Als er abermals sprechen hörte: »Ich sehe durch Wälder, Höhen und meine Höhle«, wiederholte er seine früheren Worte und setzte die Wanderung fort. Dasselbe geschah, als er zum dritten Male ausruhte. Er hörte und entgegnete dasselbe wie das erste Mal. Hierauf kam er ohne weiteren Zwischenfall zu der Hütte und überlieferte den alten Leuten den Sack.

Nun müssen wir erzählen, dass Helga daran ging, die Höhle zu reinigen und die Vorbereitungen für das Hochzeitsmahl zu treffen, wie der Troll ihr anbefohlen hatte. Sie beeilte sich, so sehr sie konnte, und deckte den Tisch. Als sie mit allem fertig war, was sie zu tun hatte, nahm sie einen Knüttel, den sie in der Höhle fand, legte diesem ihren Brautanzug an, und stellte ihn dahin, wo sie glaubte, dass ihr eigener Platz beim Mahle sein würde. Hierauf schwärzte sie ihr Gesicht mit Ruß, wälzte sich mit ihren Kleidern in Kohle und Asche, nahm den Schürhaken, setzte sich rittlings auf denselben und verließ sodann in der Richtung, welche derjenigen, in der die Hütte ihrer Eltern lag, entgegengesetzt war, die Höhle. Sie war noch nicht weit gekommen, als sie auch schon dem Troll begegnete, der mit einer großen Menge von Hochzeitsgästen daherkam. Es waren sowohl Trolle wie Berggeister in seinem Gefolge, und er selbst ging allen voraus. Er sprach Helga an und fragte sie, wie sie heiße. Sie antwortete, dass sie »Kohlensteiß auf dem Steckenpferde« heiße.

Da sprach er zu ihr:

»Kamst du zum Mehlberg,
kohlschwarze Hexe?«

Sie antwortete:

»Ich komme von dort.
Bedeckt sind die Bänke,
die Braut sitzt bei Tische,
voll sind die Krüge,
sie fließen über.«

Da sagte der Troll:

»Oho! Reiten wir schnell, die Braut wartet!«

Und alle Gäste wiederholten seine Worte und riefen:

»Oho! Reiten wir schnell, Burschen!«

Nachdem Helga sie verlassen hatte, begegnete ihr eine andere Schar von Gästen, welche nur aus Trollfrauen und Hexen bestand. Die fragten sie ebenso wie der Troll:

»Kamst du zum Mehlberg,
kohlschwarze Hexe?«

Sie antwortete:

»Ich komme von dort.
Bedeckt sind die Bänke,

die Braut sitzt bei Tische,
voll sind die Krüge,
sie fließen über.«

Da riefen die Weiber:

»Oho! Reiten wir schnell, Dirnen!«

Hierauf ritten die Hexen weiter zur Höhle am Mehlberg. Als aber Helga von jenen durch einen Hügel getrennt war, kehrte sie um und eilte heim nach der Hütte, wo sie ihren Eltern und Geschwistern erzählte, welchen Verlauf die Dinge genommen hätten. Sie blieb aber nur kurze Zeit zu Hause. Dann ging sie wieder fort, um zu sehen, was sich auf dem Mehlberg zutrage.

Wir kommen wieder zurück zu dem Troll und seinen Gästen.

Als sie zur Höhle kamen, sahen sie den Tisch gedeckt und die Bänke aufgestellt, kurz: alles zu Lust und Vergnügen vorbereitet. Hierauf erblickten sie die Braut, die bereits auf ihrem Platze saß. Sie traten näher an sie heran und grüßten sie, aber sie würdigte sie nicht einmal eines Blickes, was allen ein ganz lächerliches Benehmen erschien und nicht zum Wenigsten dem Bräutigam. Als sie sich aber dieselbe etwas genauer ansahen, entdeckten sie, wie diese Braut beschaffen war. Der Troll fand, dass er in schlimmer Weise zum Narren gehalten worden war, und einige von den Gästen, die dies einsahen, beklagten ihn wegen dieser Verhöhnung, die anderen Gäste jedoch glaubten, dass sie selbst vom Troll zum Narren gehalten worden seien, da er sie zur Hochzeit eingeladen habe, nun aber durch einen Knüttel täuschen wollte. Es entstand alsbald eine Schlägerei zwischen dem Troll und seinen Freunden einerseits und denjenigen, die sich von ihm zum Besten gehalten glaubten, andererseits, und sie schlugen einander schließlich alle tot. Kurz und gut, es blieb keine lebende Seele zurück. Helga aber stand dabei und sah zu, auf welch hässliche Weise sie ums Leben kamen. Als alle Unholde gefallen waren, lief Helga eiligst heim in die Hütte und holte ihre ganze Familie. Hierauf zogen sie die toten Leiber aus der Höhle, trugen Holz zusammen, zündeten einen großen Scheiterhaufen an und verbrannten die ganze hässliche

Brut zu schwarzer Kohle. Sodann nahmen sie alles, was sie in der Höhle an Geldeswert fanden und schafften es heim in die Hütte.

Helga ließ eine Menge Zimmerleute kommen, kaufte Bauholz und ließ ein großes, schönes Haus erbauen, in dem sie dann wohnte. Ihre Schwestern heirateten niemals, denn sie hatten nicht viel Verstand im Kopf, waren an nichts gewöhnt und konnten nichts, was nützlich war. Helga aber heiratete einen braven Mann und sie lebten lange und glücklich zusammen,

hatten Kinder und Kindeskinder,
gruben Wurzeln und Kräuter.
Es schwamm der Fisch
im Fett am Tisch.
Dies sei beschieden jedermann,
der hören kann.
Doch brenn im Kopfe eine Bohn',
dem, der nicht zahlt Erzählerlohn,
lieber heute als morgen.
Die Katze draußen im Moor
streckte den Schwanz empor,
und – aus ist das Märchen!

Þorsteinn, der Häuslerssohn

Es waren einmal ein König und eine Königin in ihrem Reich. Sie hatten zwölf Söhne, deren Namen aber nicht bekannt sind.

Nicht weit vom Königsschlosse lebte ein alter Mann mit seinem alten Weib in einer armseligen Hütte. Dieser hatte einen Sohn, der Þorsteinn hieß.

Alle diese jungen Leute waren bereits erwachsen, als diese Geschichte sich ereignete.

Eines Tages, als schönes Wetter war, ritten alle Söhne des Königs in den Wald hinaus, um Wild und Vögel zu schießen. Gegen Mittag entstand aber eines der allerschlimmsten Unwetter, die es geben kann. Die Brüder waren von ihren Pferden abgestiegen und tief in den Wald hineingekommen. Als sie jetzt zu diesen zurückkehren wollten, hatten sie den Weg verloren und verirrten sich immer mehr, je länger sie gingen. Sie kamen endlich zu einer Höhle in hohen Felsen und sahen darin eine große Trollfrau, die schwarz und von boshaftem Aussehen war, sowie elf jüngere Trollfrauen und ein zwölftes junges Weib, das ihnen von menschlicher Art zu sein schien.

Die alte Trollfrau nahm die Königssöhne freundlich auf und lud sie ein, hierzubleiben. Die waren darüber sehr froh, denn das Wetter war schlecht, sie selbst aber ermüdet, hungrig und schläfrig. Die Trollfrau setzte ihnen Speise vor und sie aßen nach Herzenslust. Als sie gegessen hatten und alle Trollfrauen draußen waren, sagte das menschliche Mädchen zu ihnen, dass sie, wie sie sähen, in die Hände von Trollen gekommen wären. Sie seien nicht die ersten, die die Trollfrau hierher gezaubert und erschlagen habe. Sie sagte ihnen auch, dass die alte Trollfrau elf von ihnen bei je einer ihrer Töchter, einen aber bei ihr werde schlafen lassen, sie selbst aber zuinnerst der Höhle schlafe. Sowie sie aber glaube, dass sie alle eingeschlafen seien, stehe die Trollfrau auf, suche ein Licht, nehme ein großes Messer zu sich und schneide ihnen allen vorne an dem Bettrande den Kopf ab. Sie sollten daher die Vorsicht gebrauchen und den Trollmädchen, sowie sie eingeschlafen seien, die Haare abschneiden, sich im Bette an deren Platz legen und die Hauben derselben aufsetzen. Die Trollfrau werde diese Verwechslung in den Betten nicht bemerken und statt ihrer die eigenen Töchter töten. Bevor sie aber zu dem letzten Bett gehe, müssten sie alle rasch aufspringen und sie erschlagen. Von sich selbst erzählte das Mädchen, dass die Trollfrau es aus einem anderen Königreich entführt habe, um sie und ihre Töchter zu bedienen, und dass sie eine Königstochter sei.

Die Trollfrauen kamen nun wieder in die Höhle hinein und die Alte forderte die Königssöhne auf, zu Bett zu gehen. Allein es verhalte sich mit den Betten bei ihr so, dass elf von ihnen bei je einer ihrer Töchter, der zwölfte aber bei ihr selbst schlafen müsse.

Die Königssöhne zeigten sich damit zufrieden und legten sich nieder. Hierauf gingen auch die Trollfrauen sowie das menschliche Mädchen, deren Gedanken bei den Königssöhnen weilte, zu Bett. Die Trollfrauen schliefen bald ein und nun gingen die Königssöhne an ihre Arbeit. Sie schnitten den Mädchen die Haare ab, setzten deren Hauben auf und legten sich auf die andere Seite. Sodann warteten sie, was da kommen werde, und schliefen nicht ein.

Es dauerte nicht lange, so erhob sich die alte Trollfrau und holte ein Licht. Mit diesem in der einen und einem großen Messer in der anderen Hand ging sie auf die Betten zu. Sie stellte das Licht auf den Boden der Höhle, trat mit geschwungenem Schwerte an das erste Bett, zog das Trollmädchen über den Bettrand hervor und schnitt ihm den Kopf ab, sodass dieser auf den Boden der Höhle fiel.

Auf dieselbe Weise tötete die Trollfrau alle ihre anderen Töchter, denn sie lagen sämtlich beim Rande des Bettes.

Nun war die Trollfrau im Begriff zum letzten Bett zu gehen. Da sprangen die Königssöhne gleichzeitig auf die Füße, fielen über die Trollfrau her und warfen sie zu Boden. Da sah sie, dass sie von den Königssöhnen schändlich betrogen worden war und statt derselben alle ihre Töchter getötet hatte. Sie vermutete auch sogleich, dass dieser Plan von dem menschlichen Mädchen und den Königssöhnen gemeinschaftlich ausgeheckt wurde.

Als sie sah, dass sie sich dieser Übermacht nicht erwehren konnte, legte sie den Zauber auf die Brüder, dass sie zu Rindern werden, als solche täglich in die Halle ihres Vaters kommen und nur einmal innerhalb von vierundzwanzig Stunden, während sie speisten, ihre natürliche Gestalt wiedererhalten sollten. Dies sollte aber auf einer Insel in einem großen See geschehen, der weit von allen Menschenwegen abliege. Und aus dieser Verzauberung sollten sie nicht früher befreit werden, bevor sich nicht ein Mann fände, der ihnen dieselbe Speise in der Halle des Königs vorsetze, die sie selbst draußen auf der Insel zu speisen pflegten.

Über das Mädchen aber verhängte die Trollfrau den Zauber, dass sie von nun an nicht weit von dem See aus von einem Brunnen in einen anderen Wasser schöpfen und auf nichts anderes Aufmerksamkeit haben sollte. Von dieser Verzauberung sollte sie nicht früher erlöst werden, bevor sich nicht jemand heimlich so hinter ihren Rücken schleichen könne, dass sie früher nichts merke, als bis derselbe sie zu Boden werfe.

Aus beiden Verzauberungen, meinte die Trollfrau, werde es schwer sein, erlöst zu werden.

Hierauf töteten die Königssöhne die Trollfrau und verbrannten sie zu kalter Kohle. Sie selbst aber verschwanden in Folge ihrer Verzauberung und das Mädchen mit ihnen.

Wir müssen jetzt wieder zurück in das Königsschloss.

Als die Königssöhne weder des Abends noch in der Nacht von der Jagd zurückkamen, wurde der König über ihr Ausbleiben unruhig. Er sammelte daher am nächsten Tage eine große Menge von Leuten und schickte sie aus, um seine Söhne zu suchen. Aber alles Suchen blieb erfolglos und man gab sie daher auf, obwohl der König nicht damit zufrieden war.

Bald fiel es aber den Leuten auf, dass täglich zwölf Rinder in die königliche Halle kamen und dort herumgingen. Sie fielen keinen Menschen an und niemand kümmerte sich um sie. Der

König wurde über diesen regelmäßigen Besuch der Rinder etwas beunruhigt, und ließ ihnen verschiedene Arten von Futter geben. Allein sie wollten nichts davon fressen und gingen immer nach einem kurzen Aufenthalt wieder davon.

Þorsteinn, der Häuslerssohn, hörte ebenfalls, wie die übrigen Leute, von dem Verschwinden der Königssöhne sowie von dem Besuch der zwölf Rinder in der königlichen Halle und wollte gerne diesen merkwürdigen Begebenheiten näher auf den Grund kommen. Er bat daher seine Eltern, dass sie ihm erlauben möchten, bei dem König Winteraufenthalt zu nehmen. Denn das Leben in der Hütte sei ihm zu langweilig, meinte er. Die Eltern gaben ihre Einwilligung und so ging denn Þorsteinn in die königliche Halle, trat vor den König hin und bat ihn, dass er sich den Winter über bei ihm aufhalten dürfe.

Der König fragte ihn, warum er dies wolle. Þorsteinn entgegnete, dass er großes Verlangen habe, Mannessitten zu sehen und sich solche selbst anzueignen, denn das Leben in der armseligen Hütte sei ihm zu langweilig. Der König gewährte ihm den Winteraufenthalt, und er blieb nun im Königsschloss.

Þorsteinn sprach oft mit dem König über das Verschwinden seiner Söhne und was wohl aus ihnen geworden sei. Er kam dann auch auf die zwölf Rinder zu sprechen, die täglich in das Schloss kamen, und fragte den König, was für eine Bewandtnis es mit diesen Tieren habe.

Der König sagte, er wisse es nicht, es komme ihm jedoch sonderbar vor, dass diese Tag für Tag dort erschienen, und er würde demjenigen seine besondere Gunst schenken, der erforschen könne, woher sie kämen.

Þorsteinn nahm sich vor, der Sache mit den Rindern genauer auf die Spur zu kommen, und folgte ihnen daher eines Tages, als sie sich wieder aus der Halle entfernten. Allein sie liefen so schnell, dass er ihnen nur mit der äußersten Anstrengung seiner Kräfte soweit folgen konnte, um sie nicht aus den Augen zu verlieren. Endlich kamen die Rinder zu einem See und sie stürzten sich sogleich alle hinein bis auf das hinterste, das ein wenig auf dem

Lande verweilte, gerade so, als ob es auf Þorsteinn warten wollte, während die übrigen nach der Insel im See schwammen.

Als Þorsteinn zum See kam, gab das Rind ihm zu verstehen, dass er sich auf seinen Rücken setzen solle, und dies tat er auch. Das Rind schwamm nun mit ihm nach der Insel und sprengte dann voraus zu einer Hütte, die sich dort befand.

Als Þorsteinn zur Hütte kam, sah er dort zwölf Rindsgewänder liegen, drinnen aber zwölf Männer beim Mahle sitzen. Er dachte sich sogleich, dass dies die Königssöhne seien und dass diese verzaubert wären. Er ging hierauf in die Hütte, doch sprach weder er die Männer an, noch redeten diese zu ihm oder auch nur untereinander. Sie gaben ihm von ihrem Essen Brot und Wein. Er nahm beides an, genoss es aber nicht, sondern verbarg es.

Als die Königssöhne gegessen hatten, verließen sie wieder die Hütte und fuhren in die Rindsgewänder. Hierauf sprangen sie in den See und schwammen davon. Ein Rind jedoch blieb wieder zurück, Þorsteinn bestieg seinen Rücken und kam auf diese Weise über den See. Als er sich wieder auf dem Lande befand, sprengten die Rinder so schnell davon, dass er sie alsbald ganz aus den Augen verlor.

Er ging nun eine Weile dahin, bis er ein Weib antraf, das eifrig damit beschäftigt war, Wasser aus einem Brunnen in einen anderen zu schöpfen, ein Beginnen, das ihm ganz lächerlich und töricht erschien. Dieses bemerkte Þorsteinn nicht früher, als bis er es rücklings zu Boden warf. Da war es, als ob das Weib von einer Ohnmacht befallen worden wäre, denn es regte kein Glied. Þorsteinn nahm daher Wasser aus dem anderen Brunnen und bespritzte damit das Gesicht der Bewusstlosen. Hierauf erholte sie sich sogleich und dankte Þorsteinn mit den schönsten Worten für ihre Befreiung aus dem Zauber, der auf sie gelegt war, und erzählte ihm, wie sich alles zugetragen und was für eine Bewandtnis es mit den Rindern habe, dass diese nicht früher aus ihrer Verzauberung erlöst werden könnten, bevor sie nicht bei den Menschen dieselbe Speise vorgesetzt erhielten, die sie selbst auf der Insel zu genießen pflegten, wenn sie das Rindsgewand verlassen hätten.

Þorsteinn begab sich hierauf nach Hause und nahm auch das Mädchen dahin mit. Er übergab sie seinen Eltern und bat diese, sie eine Zeit lang in der Hütte zu beherbergen und auf das Beste zu behandeln.

Þorsteinn kehrte in die Königshalle zurück und erzählte nicht viel von seinen Erlebnissen. Als aber am nächsten Tage die Rinder wiedererschienen, setzte er ihnen das Brot und den Wein vor, die er am Tage vorher in der Hütte erhalten hatte, und sie aßen alle von beidem. Sowie sie aber davon gegessen hatten, legten sie sich nieder und es fiel das Rindsgewand von ihnen ab.

Þorsteinn ließ rasch den König herbeirufen und bat ihn nachzusehen, ob er diese Männer nicht kenne, die da am Boden lagen. Der König erkannte sogleich seine Söhne. Sie wurden mit Wasser bespritzt und kamen alsbald zu vollem Bewusstsein. Da gab es nun ein überaus freudiges Wiedersehen zwischen dem König und seinen Söhnen.

Þorsteinn holte sodann die Königstochter herbei, die er in der Hütte seiner Eltern gelassen hatte, und sie und die Königssöhne erzählten von allen ihren Erlebnissen und wie Þorsteinn sie alle aus ihrer Verzauberung erlöst hatte. Der König veranstaltete hierauf ein großes Festgelage, um die Ankunft seiner Söhne und der Königstochter zu feiern. Bei diesem Mahl hielt Þorsteinn um die Hand der Königstochter an und diese gab sie ihm mit Freuden. Da machte der König aus dem Freudenmahle das Hochzeitsfest für Þorsteinn und die Königstochter und lud sie ein, so lange bei ihm zu bleiben, als sie wollten, da er ja ihm das Leben und die Befreiung seiner Söhne zu verdanken und zu belohnen habe.

Die Königssöhne aber ließen bekannt machen, dass sie alle ihre Rechte, die sie nach dem Tode ihres Vaters auf das Reich hätten, an Þorsteinn abtreten wollen, um ihm und der Königstochter auf diese Weise den Dank für ihre Lebensrettung und Befreiung abzustatten. Damit war auch der König einverstanden, und so übernahm denn Þorsteinn das Reich nach dem Tode des Königs und herrschte über dieses mit seiner Königin. Später aber ist nur mehr wenig von ihnen erzählt worden.

Die kunstreichen Brüder

Einst lebte ein Königspaar, das sechs Töchter hatte. Nicht weit vom Schloss lebte der Bruder des Königs. Auch er war verheiratet, und zwar mit einer sehr geizigen Frau. Diese ärgerte sich darüber, dass sie so oft die Gäste des Königs auch bei sich empfangen mussten. So zog auf ihren Vorschlag ihr Mann einst heimlich mit ihr fort in ein weit von allen Menschen gelegenes Tal. Dorthin nahmen sie dann all ihr Hab und Gut mit sich. Im Laufe der Zeit bekamen sie hier sechs Söhne. Da kein Geistlicher da war, ließen sie sie ohne allen Unterricht, ohne jede Kenntnis von Welt und Menschen aufwachsen. Als der Älteste zwanzig Jahre alt war, kamen die Brüder einst beim Viehhüten ins Gespräch darüber, ob es außer ihnen und den Eltern auch noch andere Menschen gebe. Denn der Vater müsse doch auch Vater und Mutter gehabt haben und ebenso die Mutter. Wie sie nach Hause gekommen sind, fragen sie die Mutter danach. Doch diese versichert, dass sie die einzigen Menschen auf der Welt seien. Der Vater und sie seien beide aus einem Eichbaum hier im Tale entsprungen. Doch die Söhne glauben ihr nicht recht, und wie wieder einmal der Vater nach längerer Abwesenheit ins Tal zurückkehrt, versteckt sich der Jüngste unter dem Bett der Eltern. Diese glauben sich allein, und so berichtet denn der Mann über alles, was er in der alten Heimat gesehen und gehört hat. Der Lauscher erzählt den Inhalt des Gesprächs seinen Brüdern. Nun beschließen diese, aus dem Tale zusammen fortzuziehen, um die übrigen Menschen kennenzulernen. Da die Eltern sehen, dass ihre Söhne sich nicht mehr zurückhalten lassen, rüsten sie sie mit allem Nötigen aus. Zum Abschied gibt ihnen dann die Mutter noch allerhand Zaubergaben. Zuerst ein Knäuel, das ihnen den Weg zeigen soll, dann ein Schwert, das alles durchzuhauen vermag, ferner eine Nussschale, die man nur aufs Wasser zu setzen braucht, um aus ihr ein großes

Schiff zu machen, das steuert, wohin man nur will, und schließlich einen Leinwandsack, in dem ein Pulver sich befindet. Sowie man dies auf den Boden streut, wird es hell wie der Tag.

Nun ziehen die Brüder in die Welt hinaus. Wie sie an ein umzäuntes Weideland kommen, gehen sie so lange am Zaun entlang, bis sie zu einem Eingang gelangen. In diesem steht ein Mann in roter Kleidung, der sich Rauður, der Minister des Königs, nennt. Er will Namen und Herkunft der Brüder wissen. Diese haben keine Ahnung, was sie darauf antworten sollen. Schließlich legen sie sich nach ihren verschiedenen Eigenschaften einen Namen zu und nennen sich also der Guthauende, der Gutwachende, der Gutsingende, der Gutkletternde, der Gutspürende und der Gutschlafende. Sie stellen sich jetzt mit diesen Namen dem Minister vor und bitten nochmals um Einlass. Da er ihnen höhnisch verweigert wird, klettert der Gutkletternde über den Zaun und hilft dem Guthauenden auch hinüber. Der schlägt nun dem Rauður den Kopf ab und öffnet dann seinen Brüdern das Tor. Sie gehen alle sechs hinein, geradewegs auf die Königshalle zu. Hier treffen sie eine Unmenge Menschen. Da sie in allen weltlichen Dingen unerfahren sind und auf keinerlei Fragen antworten können, lachen alle über ihre Dummheit. Der König hört von den seltsamen Ankömmlingen und lässt sie zu sich rufen. Bald erkennt er, wie alles zusammenhängt. Die Brüder werden in allem Wissenswerten unterrichtet und gelangen beim König zu hohem Ansehen. Gegen Weihnachten beginnt jedoch der König traurig und schweigsam zu werden. Auf die Fragen der Brüder, was ihm fehle, erzählt er, dass er in den letzten Jahren in jeder Weihnachtsnacht eine Tochter verloren habe. Jetzt wäre nur noch die Jüngste bei ihm, aber auch diese würde ihm wohl, wie die übrigen, geraubt werden. Denn alle Wachen, die er im Zimmer der Töchter gehabt hätte, würden in der Nacht von so tiefem Schlaf befallen, dass keiner sich dessen erwehren könne. Nun bieten sich die Brüder an, die Prinzessin vor dem gefürchteten Schicksal zu bewahren. Der Gutsingende hält in der Weihnachtsnacht durch schöne Lieder die Brüder lange wach, und der Gutwachende gibt genau auf alles acht. Endlich werden aber doch alle außer ihm von tiefem Schlaf befallen. Da hört er Lärm und Donner draußen, ein Fenster wird zerbrochen, und das Licht erlischt. Schnell schüttet er das Pulver aus dem Säckchen auf den Boden, sodass es taghell wird. Er weckt die Brüder, und nun sehen sie, wie eine riesige behaarte graue Hand mit einer Eisenkrücke unter den Gürtel der schlafenden Prinzessin greift, um sie zum Fenster herauszuziehen. Da nimmt der Guthauende sein Schwert und schlägt mit einem Schlag die Hand bis zum Ellenbogen ab. Der Unhold draußen stößt ein furchtbares Geschrei aus, sodass alle im Schloss erschreckt aus dem Schlafe fahren, und verschwindet im Dunkeln. Sowie es hell wird, machen sich die Brüder auf, um die Blutspur zu verfolgen und vielleicht noch die anderen Prinzessinnen wiederzuentdecken. Nach langer Wanderung kommen sie an einen sumpfigen See. Sie setzen die Nussschale auf das Wasser und lassen sich vom Schiff zum anderen Ufer hinübertragen. Nachdem sie hier wieder Blutspuren gefunden und verfolgt haben, kommen sie an einen steilen Felsen, auf dem hoch oben augenscheinlich eine Höhle sich befindet. Am Fuße des Felsens sind Frauenkleider zum Trocknen aufgehängt. Der Gutkletternde klimmt nun herauf und streut Sand auf das Fenster der Höhle. Sogleich hört er, wie drinnen jemandem befohlen wird, hinauszugehen, um die Kleider der Prinzessinnen nicht nass werden zu lassen. Ein junger Troll klettert hinunter und wird dann gleich von den Brüdern erschlagen. So geht es sechsmal. Endlich kommt unter Donner eine furchtbare Trollfrau heraus, um selbst das Zeug hereinzunehmen. Erst wie sie unten ist, sieht sie die Brüder, und dem Guthauenden gelingt es, ihr mit seinem Zauberschwert den Kopf abzuhauen. Nun klettern alle mit Hilfe des Bruders den Felsen hinauf. Drinnen in der Höhle finden sie stöhnend einen halbtoten Troll, dem der Unterarm fehlt. Sie töten ihn vollends und durchsuchen dann die Wohnung. Endlich finden sie in einer wohlverschlossenen Seitenhöhle die fünf gestohlenen Prinzessinnen, fast verhungert und dem Tode nahe. Sie bringen sie zum Schloss zurück, und jeder der Brüder heiratet eine Königstochter.

Helga, die Häuslerstochter

Es lebte einmal ein alter Mann mit seinem alten Weib in einer armseligen Hütte. Sie hatten nur ein einziges Kind, eine Tochter, die Helga hieß und für die Schönste unter den Weibern galt.

Da fühlte die Mutter, dass sie sterben werde. Sie rief ihre Tochter zu sich und sagte ihr, dass ihr Leben zuweilen recht mühselig sein werde und sie ihr wenig helfen könne. »Doch will ich dir diese Ahle geben«, fuhr die Alte fort. »Du kannst diese Ja sagen machen, so oft dir daran gelegen ist.«

Hierauf starb die Mutter.

Eines Abends verlangte der Alte, dass Helga, seine Tochter, bei ihm schlafe. Sie aber weigerte sich, dies zu tun, worauf der Vater sie nur noch mehr bestürmte. Da wusste sich Helga nicht anders zu helfen als mit der Ausrede, sie habe vergessen, das Feuer auszulöschen, und müsse dies erst noch besorgen.

Sie begab sich in die Küche, steckte die Ahle in die Wand und sagte zu ihr, sie solle immer Ja sagen. Sie selbst aber lief hinaus in die Finsternis.

Der Alte rief Helga, seine Tochter.

Die Ahle antwortete und sagte auf alles Ja.

Dies verdross endlich den Alten, er eilte hinaus und suchte seine Tochter, konnte sie aber nirgends finden. Hierauf ging er wieder zurück in die Hütte und kommt nun nicht weiter in der Geschichte vor.

Helga lief in den Wald hinaus und irrte die ganze Nacht umher. Als der Tag zu dämmern begann, kam sie zu einem hübschen kleinen Häuschen. Sie trat dort ein und sah hier einen Mann, der für sich allein ein Brettspiel spielte. Dieser hieß sie willkommen und sagte, sie komme ihm sehr erwünscht, wenn sie bei ihm bleiben und als Magd dienen wolle, da er ganz allein sei.

Helga willigte ein und fragte ihn nach seinem Namen. Er heiße Herrauður, antwortete der Mann. Es verging hierauf einige Zeit und Helga wurde schwanger. Herrauður war den Tag über auf der Jagd, die Nacht aber brachte er zu Hause zu. Sowie jedoch die Zeit der Niederkunft für Helga herannahte, kam Herrauður immer später nach Hause, bis er eines Abends ganz ausblieb. Helga war vom Warten ermüdet und schlief ein. Da träumte sie von ihrer Mutter. Dieselbe kam zu ihr und sagte:

»Herrauður ist jetzt im Begriff, dich zu betrügen. Es hat ihn eine Unholdin dazu verführt, die er zum Weibe nehmen will. Verlasse nun das Haus, zieh die Schuhe verkehrt herum an und begib dich in einen unterirdischen Raum, der sich nicht weit von hier befindet. Denn das Trollweib wird dir nach dem Leben trachten.«

Helga erwachte, band sich die Schuhe verkehrt an die Füße und begab sich in den unterirdischen Raum. Es dauerte nicht lange, so kam ein Hund und suchte Helga. Er schnoberte auf ihren Fußspuren hin und her, fand aber nichts und lief wieder fort. Hierauf hörte sie ein starkes Getöse und Donnern. Helga sah durch eine Öffnung des unterirdischen Raumes, dass es das Trollweib war. Auch sie verfolgte die Spuren hin und zurück und als sie nichts fand, eilte sie wieder von dannen.

Später verließ Helga ihre unterirdische Wohnung und ging hinaus in den Wald. Sie ging lange, lange, bis sie zu einem Bache kam. Da fand sich auch ein Kind hier ein, um Wasser zu holen. Helga warf dem Kind einen goldenen Ring in den Wassereimer.

Nach einer kurzen Weile kam ein Zwerg zu Helga, der ihr für das Geschenk, das sie seinem Kind gegeben, dankte und sie einlud, zu ihm nach Hause zu kommen. Sie kamen zu einem großen Stein. Dieser öffnete sich und sie gingen in diesen hinein. Darinnen saß die Frau des Zwerges, die Helga ebenfalls für das Geschenk, das sie ihrem Kinde gemacht hatte, dankte.

Helga gebar in dem Stein einen sehr schönen Sohn.

Der Zwerg sprach zu Helga: »Herrauður wird heute Hochzeit halten und zwar will er die Trollfrau heiraten. Wenn du die

Hochzeit mit ansehen willst, so werde ich dir behilflich sein, dahin zu kommen.«

Helga sagte, dass sie gerne dahin gehen möchte. Der Zwerg führte sie zu einer Höhle und warf ihr hier einen Mantel um, sodass niemand sie sehen konnte. Er trug ihr auf, wohl darauf zu achten, was die Braut jeden Abend tue, wenn sie aus der Höhle gehe. Am letzten Abend solle sie dann Herrauður herbeirufen und ihm zeigen, was seine Braut treibe. Denn das Hochzeitsgelage werde drei Tage lang dauern. Zuletzt sagte der Zwerg noch, sie möge ihn rufen, wenn sie seiner bedürfe. Mit diesen Worten verschwand er.

Helga sah nun dem Gelage zu, das unter lärmender Freude abgehalten wurde. Die Braut saß fein und schön auf der Brautbank und war nicht größer als ein Weib von mittlerem Wuchse. Herrauður aber war überaus heiter und lustig.

Des Abends verließ die Braut die Höhle und wollte nicht, dass jemand ihr folge. Sie entfernte sich eine kurze Strecke weit von der Höhle, drehte sich dreimal im Kreise um und sagte:

»Ich soll werden, was ich bin!«

Da wurde sie zu einem großen Trollweib. Hierauf sagte sie:

»Komm her, dreiköpfiger Troll, mein Bruder, mit einem großen Kübel voll Ross- und Menschenfleisch!«

Da kam ein Troll mit einem großen Kübel voll Fleischstücken, und sie begannen diese zu verzehren. Als sie damit fertig waren, drehte sich die Trollfrau wieder dreimal im Kreise um und sagte:

»Ich soll wieder werden, was ich war!«

Da wurde sie wieder ein feines Mädchen.

Am zweiten Abend machte die Braut dasselbe. Am dritten Abend rief Helga Herrauður herbei. Er erkannte sie aber nicht. Sie führte ihn heimlich dahin, wo das Trollweib eben mit ihrem Bruder beim Schmause war. Herrauður erschrak nicht wenig, als er dies sah. Er kehrte zur Höhle zurück, zog eine Schnur vor den Eingang und wartete, bis die Braut zurückkehrte. Als diese kam, wurde sie durch die Schnur festgehalten. Sie rief nach ihrem Bruder, und alsbald kam auch der abscheuliche dreiköpfige Troll herbei.

Da rief Helga nach dem Zwerg. Sogleich kam ein Vogel geflogen, der dem Troll alle Schädelknochen zerhackte, sodass er augenblicklich tot zur Erde fiel. Die Braut aber erhängte sich an der Schnur und sie kam Herrauður gar nicht mehr schön vor, als er sie so daliegen sah.

Jetzt erkannte Herrauður auch Helga und war darüber sehr erfreut. Er bat sie um Verzeihung und sagte, dass das Trollweib ihn durch Zauberei dahin gebracht hätte, sie zu betrügen. Hierauf begaben sich Herrauður und Helga wieder in das Haus im Walde und hielten bald nachher ihre Hochzeit. Am Hochzeitstag überbrachte der Zwerg ihnen ihren Sohn und legte ihn Helga in den Schoß. Herrauður gab dem Zwerg für all seine Hilfe guten Lohn.

Sie liebten einander bis in ihr hohes Alter, und jetzt ist die Geschichte zu Ende.

Sigurður und Ingibjörg, die Königskinder

Wie es oft geschah, regierte ein König in einem Lande. Er hatte eine Königin und mit ihr zwei Kinder, die Sigurður und Ingibjörg hießen. Bevor noch diese erwachsen und aus den kindlichen Jahren gekommen waren, starb die Königin, ihre Mutter. Der König war über den Verlust seiner Königin sehr betrübt, sodass er für gar nichts Teilnahme hatte, sondern immer nur seine Frau beweinte und lange bei ihrer Begräbnisstätte saß.

Als so einige Zeit verstrichen war, kamen seine Minister zu ihm und legten ihm nahe, dass er seinem Kummer ein Ende machen müsse und dies am ehesten zustande bringe, wenn er sich aufs Neue um eine Frau umsähe, sei es er selbst oder durch Abgesandte. Sie führten ihm auch vor Augen, wie sehr die ganze Regierung des Reiches wegen seines übermäßigen Kummers in Unordnung gerate und dieser Zustand nicht mehr länger andauern könne. Der König sah ein, dass dies ganz richtig sei. Er gab seine Zustimmung, dass Abgesandte in andere Länder fahren und eine Frau für ihn werben sollten und rüstete Schiffe und Mannschaft aus.

Als die Abgesandten auf die hohe See hinausgekommen waren, entstand ein großer Sturm. Sie verirrten sich, sodass sie nicht mehr wussten, wohin sie steuerten, und sich ganz dem Wind überließen. Endlich stießen sie doch auf ein Land, das sie aber nicht kannten.

Die Anführer stiegen an Land, um es zu erforschen, und ließen die Mannschaft zur Bewachung der Schiffe zurück. Sie sahen hier nichts, was einer Menschenwohnung glich, und glaubten daher, dass dieses Land unbewohnt sei. Endlich aber entdeckten sie doch ein Gehöft, das jedoch aus ärmlichen Hütten bestand.

Sie gingen auf dieses Gehöft zu, um zu sehen, ob dort ein menschliches Wesen wohne oder nicht. Sie fanden ein Weib, das bereits ziemlich bejahrt, aber doch noch ganz hübsch war. Dieses fragte sie, wer sie seien, und woher sie kämen. Sie gaben über alles gewissenhaft Bescheid und erzählten freiwillig, was der Zweck ihrer Reise sei. Sie erfuhren nun auch, was für ein Land es sei, in das sie gekommen waren. Doch wird der Name nicht erwähnt.

Das Weib meinte, sie hätten wenig Glück gehabt, da sie in ein Land kämen, wo keine Aussicht vorhanden sei, sich ihres Geschäftes zu entledigen. Da es bereits Abend geworden war und das Wetter schlecht zu werden begann, baten die Abgesandten des Königs das Weib, es möchte ihnen Nachtherberge gewähren. Sie schwankte anfangs, indem sie sagte, dass ihre armseligen Hütten durchaus nicht für Leute eingerichtet seien, die gewohnt wären, in Königshallen zu sitzen. Auf ihr wiederholtes und eindringliches Bitten ließ sie sich endlich doch bewegen, ihren Wunsch zu erfüllen.

Das Weib ließ die Leute des Königs eintreten, und da gab es nicht wenig Erstaunen und Bewunderung unter ihnen. Denn diese Herberge schien ihnen eher königlichen Sälen als ärmlichen Hütten zu gleichen. Nach einer Weile deckte das Weib den Tisch für sie und setzte ihnen Leckerbissen vor, wie sich solche nur für Könige geziemen. Während des Essens fragten sie die Wirtin unter anderem, ob sie ganz allein auf diesem Hofe wohne.

Sie meinte, dass man dies wohl sagen könne, doch habe sie ihre Tochter bei sich, aber nur damit sie an ihr einen Zeitvertreib besitze. Da baten die Leute des Königs, dass sie das Mädchen sehen dürften. Nur ungern und mit Mühe und Not ließ sie sich endlich dazu herbei und führte das Mädchen zu ihnen. Aber sowie die Männer dieses erblickten, waren sie fast geblendet von seiner Schönheit, und es schien ihnen so reizend zu sein, dass sie mit Gewissheit darauf rechnen konnten, dass es auch dem König gefallen würde, wenn sie es mit sich nähmen. Sie warben deshalb unverweilt im Namen des Königs um die Hand des Mädchens.

Das ältere Weib nahm ihre Rede für einen Scherz und antwortete ebenso, es wäre wahrscheinlich oder doch annehmbarer, dass der König an einer Häuslerstochter größeren Gefallen finden könne. Sie sagte weiters, dass es für solche und ähnliche Weiber aus armseligen Hütten besser sei, nicht zu solchen Würden zu gelangen, da sie darauf gefasst sein müssten, wegen ihrer Unwissenheit und Ungeschliffenheit die Ehren bald wieder mit Schande zu verlieren.

Aber die Gesandten des Königs bestanden nur umso fester auf ihrem Verlangen, und als das Weib sah, dass es ihr voller Ernst war, versprach es endlich, dem König die Tochter zum Weibe zu geben und sie mit ihnen fahren zu lassen, jedoch unter der Bedingung, dass sie, wenn der König sie nicht haben wolle, dieselbe wieder zurückbringen müssten. Dies versprachen sie, und sie schliefen sodann die Nacht hindurch.

Am nächsten Morgen verlangten die Leute des Königs, dass das Mädchen mit ihnen zu den Schiffen komme. Die Mutter war damit einverstanden, die Tochter ziehen zu lassen, sobald ihr bisschen Habe, das sie mitnehmen müsse, zum Meere hinabgebracht sei. Es wurde nun das Gepäck des Mädchens herbeigebracht, und die Abgesandten mussten ihre ganze Schiffsmannschaft herbeirufen, um dieses hinabbringen zu lassen, so groß war »das bisschen« Habe, welches das Mädchen mit sich nahm. Als dies geschehen war, folgten Mutter und Tochter den Leuten des Königs zum Meeresstrand. Sie sprachen leise zusammen, und die Leute konnten nicht verstehen, was sie sagten. Nur einer hörte, dass das ältere Weib sagte, man solle ihr den Stein schicken. Als sie bei den Schiffen angekommen waren, sagte die Mutter des Mädchens, dass sie hier zurückbleiben wolle, küsste ihre Tochter und wünschte allen Glück und Wohlergehen. Hierauf lichteten sie die Anker und stachen in das Meer hinaus. Sie hatten eine gute Fahrt und landeten nicht weit vom Königsschloss.

Der König erfuhr sogleich, dass seine Abgesandten angekommen seien. Er ging ihnen mit zahlreichem Gefolge entgegen und empfing sie freundlich. Überaus erfreut aber war er, als er die zukünftige Königin erblickte, die sie ihm verschafft hatten, denn sie war schöner und feiner in den Manieren als alle anderen Mädchen, die je seine Augen gesehen hatten.

Der König ging nun mit der ganzen Schar nach der Halle und es wurde ein großes Festmahl für die Angekommenen veranstaltet. Kurze Zeit darauf heiratete der König das Mädchen und liebte seine Frau sehr.

Bald nachdem der König diese neue Königin geheiratet hatte, war er gezwungen, in ein anderes Königreich zu ziehen. Er ließ seine Schiffe zur Fahrt ausrüsten, und da er voraussetzte, dass er lange ausbleiben würde, bat er die Königin mit den eindringlichsten Worten, seine Kinder gut zu behandeln und freundlich gegen sie zu sein. Die Königin versprach es ihm gerne. Als guter Wind eintraf, segelte der König fort und er kommt nun längere Zeit in der Geschichte nicht vor.

Wir müssen wieder zurück zur neuen Königin.

Eines Tages, als schönes Wetter war, ging diese zu den Königskindern Sigurður und Ingibjörg, und lud sie ein, mit ihr zum Strand des Meeres zu gehen, um sich zu erlustigen. Die Kinder wollten jedoch nicht mit ihr gehen, denn sie trauten dieser ihrer Stiefmutter nicht. Die Königin stellte sich, als ob sie darüber erzürnt wäre, und sagte, sie habe das Recht, dies mit Gewalt zu fordern, wenn sie es nicht freiwillig tun wollten.

Da blieb den Kindern nichts anderes übrig, als mit ihr zu gehen. Sie gingen alsdann alle drei zum Meer hinab und wandelten eine kurze Strecke längs des Strandes dahin, bis sie zu einem großen Stein kamen, der am Ufer lag. Derselbe schien jedoch nur ein Stein zu sein, denn er war dem übrigen Gestein, das am Strande herumlag, ganz ungleich. Die Königin blieb also bei diesem Stein stehen und sagte zu diesem: »Öffne dich!«

Da öffnete sich der Stein und im selben Augenblick stieß die Königin die beiden Königskinder hinein, schloss ihn wieder und wälzte ihn in das Meer. Hierauf kehrte die Königin wieder in das Schloss zurück und kommt nun längere Zeit in der Geschichte nicht vor.

Wir bleiben jetzt eine Weile bei den Königskindern. Diese bemerkten, dass der Stein mit großer Gewalt dahingetrieben wurde, und es dauerte unglaublich lange, bis er endlich ruhig liegen blieb. Da vermutete Sigurður, dass der Stein irgendwo an Land gekommen sein müsse. Es kam ihm der Gedanke, ob er nicht das Gleiche tun könne wie die Königin, und sagte: »Öffne dich!«

Da öffnete sich der Stein und Sigurður sah, dass dieser am Ufer eines Landes lag. Die beiden Kinder stiegen aus dem Stein an Land, und das schien ihnen unbewohnt zu sein, denn sie suchten vergebens nach einer Hütte oder einem anderen Zufluchtsort. Da beschlossen sie dann, selbst eine kleine Hütte für sich zu erbauen, in der sie sich aufhalten könnten.

Sigurður war früher gewohnt gewesen, auf die Jagd zu gehen, und als die Geschwister mit der Königin, ihrer Stiefmutter, fortgingen, hatte Sigurður heimlich eine Schusswaffe, ein Messer und eine Flöte zu sich gesteckt. Diese Gegenstände kamen ihnen nun sehr zu Nutzen. Sigurður versuchte Wild und Vögel zu schießen, die ihnen zur Speise dienen sollten, und es gelang ihm auch ganz gut. Doch fehlte es ihnen an Feuer, um die erlegten Tiere zu sieden oder zu braten, und so befanden sie sich in einer sehr bitteren Lage.

Eines Tages begab sich Sigurður, wie öfter, landeinwärts, um Wild und Vögel zu jagen, und ging diesmal viel weiter, als er es sonst gewöhnt war. Da gewahrte er in der Ferne ein ganz kleines Gehöft und ging darauf zu. Er sah hier keinen Menschen und kein anderes lebendes Wesen und kletterte darum zu dem Rauchloch der Küche empor, um durch dieses hinabzuschauen und vielleicht etwas Näheres zu erfahren.

Da sah er ein altes Weib, das damit beschäftigt war, die Asche von dem Herd wegzunehmen und sie zwischen seine Füße zu schaufeln. Die Person ging dabei sehr unreinlich zu Werke, wie auch sie selbst sehr schmutzig und hässlich war. Aus ihrem ganzen Benehmen glaubte Sigurður zugleich schließen zu können, dass sie blind sein müsse. Er beschloss daher zu versuchen, ob er nicht in die Hütte hineinschleichen und der Alten heimlich einen ganz kleinen Feuerfunken stehlen könne. Dies tat er denn auch, und es ging alles ohne Schwierigkeit vonstatten. Die Alte bemerkte ihn nicht, und er glaubte annehmen zu können, dass sie auf dem Hofe ganz allein sei.

Sigurður eilte mit dem Feuer heim zu seiner Schwester und diese empfing ihn mit Freuden. Er bat sie auf das Eindringlichste, gut auf das Feuer achtzugeben und es nicht verlöschen zu lassen. Aber die Königstochter war nicht gewöhnt, Feuer zu hüten, und so ging es daher bei ihr in jeder Nacht aus, sodass Sigurður jeden Tag wieder neues Feuer holen musste, wobei er immer auf die gleiche Weise vorging.

Die Geschwister lebten dort einige Zeit von dem, was Sigurður auf seinen Jagden erbeutete. Es ging ihnen regelmäßig jede Nacht das Feuer aus, und regelmäßig gelang es Sigurður wieder, solches der Alten zu entwenden. Bisweilen hörte er jedoch, dass diese, wenn er das Feuer genommen hatte, vor sich hinmurmelte: »Spät kommen sie, die Teufelskinder.«

Sigurður vermutete, dass diese Rede ihm und seiner Schwester gelte, die auf so wunderbare Weise dahin gekommen waren. Er hatte daher immer große Furcht, wenn er bei dem Weib war, und hielt jedes Mal den Atem an, wenn er das Feuer nahm. Das aber schien ihm das Allerschlimmste zu sein, dass seine Schwester ihn unablässig mit der Bitte bestürmte, er möchte ihr versprechen, dass er sie einmal mit dahin gehen lasse, von wo er das Feuer hole, denn er wusste, dass sie sich nicht zurückhalten könne, über alles laut aufzulachen. Andererseits wieder konnte er es schwer über sich bringen, ihr etwas abzuschlagen, das er im Stande war, ihr zu gewähren. Sie drängte so lange bei ihm an, dass er endlich nachgeben und ihr versprechen musste, sie dahin mitzunehmen. Sie musste ihm jedoch geloben, sich durch nichts zum Lachen oder zu irgendeinem Laut bringen zu lassen, was immer sie auch sehen oder hören möge, denn es stehe ihrer beider Leben dabei auf dem Spiel, sagte er.

So machten sich denn eines Tages die beiden Geschwister auf den Weg zu dem Hof. Als sie dahin kamen, stiegen sie beide leise zum Rauchloch empor, wie Sigurður es immer zu tun pflegte. Dies ging auch ganz gut. Als sie nun aber durch das Loch in die Küche hinabschauten, da kam es, wie zu erwarten war. Die abscheuliche Alte stand vor dem Herd und spreizte die Füße über die Aschengrube, die ziemlich groß war. Sie war ganz mit Asche bestäubt, da sie damit beschäftigt war, die Asche vom Herd wegzufegen und zwischen ihre Füße zu werfen, wobei ganze Wolken emporwirbelten. Da konnte sich die Königstochter nicht länger zurückhalten, sondern lachte laut auf, oben beim Rauchloch.

Da sagte das alte Weib: »Hä, hä, dahin sind sie also gekommen, die Teufelskinder!«

Bei diesen Worten erhob sich die Alte und polterte hinaus. Sie war jetzt so flink auf den Füßen, dass die Kinder ihr nicht entkommen konnten, obschon sie eilig davonlaufen wollten, denn die Königstochter musste noch immer lachen. Die Alte kam ihr gar zu lächerlich vor, besonders auch, als sie zu laufen anfing.

Das Weib holte die beiden Geschwister bald ein und führte sie an einem Zügel in ihre Hütte hinein. Hier sperrte sie die Kinder in eine Art von Verschlag, der ihr Schweinestall war, und band jedes an einen Pfosten. Sie gab ihnen gutes und reichliches Essen. Dennoch erschien den beiden Geschwistern das Leben langweilig, denn es war in der Hütte halbfinster und roch schlecht. Außerdem wurden sie auch dadurch beunruhigt, dass das alte Weib öfter leicht in ihre Finger biss und sagte: »Sie sind noch nicht fett genug.«

Sie trachteten nun, auf jede Weise sich zu befreien, doch dies war keine leichte Sache. Nach langen Mühen gelang es Sigurður endlich, das Band an der einen Hand zu zerbeißen. Er konnte zu seinem Messer gelangen, und mit diesem zerschnitt er die übrigen Bande an sich sowohl wie an seiner Schwester. Hierauf schlachteten die beiden Geschwister zwei Schweine der Alten, zogen ihnen die Haut ab, und krochen selbst in die Bälge.

Des Morgens ließ die Alte wie gewöhnlich die Schweine ins Freie und zählte sie vorher. Unter ihnen waren aber die Königskinder. Sowie diese den Klauen des Weibes entronnen waren, warfen sie die Schweinsbälge von sich und sahen, wie die Alte in dem Stalle herumzutasten begann, als sie die beiden Kinder nicht fand. Darüber lachte Ingibjörg laut auf, sodass die Alte nun wusste, dass die Kinder ihr entkommen waren. Diese eilten aus allen

Kräften davon, als sie hörten und sahen, dass das Weib hinter ihnen nachgelaufen kam. Sie kamen zu einer Kluft, über die sie hinwegspringen konnten. Die Alte raste ihnen nach, da sie aber blind war, sah sie die Kluft nicht und dachte auch in Folge ihrer Raserei nicht daran, dass diese sich hier befand. Sie stürzte daher kopfüber hinein und brach den Hals. Wenige betrauerten ihren Tod, am wenigsten aber die beiden Geschwister. Diese waren im Gegenteil sehr erfreut, denn sie hatten jetzt Ruhe vor dieser Hexe.

Nur eines betrübte die Königskinder, und dies war, dass sie beide ganz allein in diesem öden Lande leben mussten. Sie dachten sich daher, auf jede Weise die Zeit zu vertreiben, und Sigurður setzte sich, wenn er auf der Jagd war, oft nieder und blies lange und lange auf der Flöte.

Eines Tages ereignete es sich, dass die Königskinder auf dem Meer Schiffe sahen, die nicht weit vom Lande dahinsegelten. Da strengte sich Sigurður, so sehr er nur konnte, an, um recht laut auf seiner Flöte zu blasen. Die Schiffe nahmen die Richtung gegen das Land und nun waren dic Geschwister nicht wenig glücklich. Sigurður strengte sich noch mehr an, so laut als möglich zu blasen.

Eines von den Schiffen legte am Strand an, die anderen aber blieben in einiger Entfernung vom Land. Da gab es keine geringe Freude, denn auf diesem Schiff war der Vater der beiden Geschwister. Er stieg mit wenigen Männern an Land und Vater und Kinder erkannten einander sogleich. Diese stürzten ihm freudetrunken in die Arme, er aber war aufs Höchste erstaunt, seine Kinder hier in diesem öden, unbewohnten Land zu finden, denn er wusste nicht, was sich inzwischen zu Hause ereignet hatte.

Keiner von den Leuten des Königs hatte aber mit ihm an dieses Land fahren wollen, da sie glaubten, dass hier böse Geister hausten, und das Flötenspiel für eine Art Gesang von Meerweibern hielten, die die Flotte des Königs ins Verderben ziehen wollten, wenn sie sich durch den Gesang hätte anlocken lassen. Darum blieben auch die übrigen Schiffe in einiger Entfernung liegen, während das Schiff des Königs allein an Land fuhr.

Der König fragte die Kinder, wieso es komme, dass sie sich hier befänden. Da erzählten sie ihm alles, was sie darüber wussten sowie ihre Schicksale, seit sie in dieses Land gekommen waren.

Der König nahm die Kinder mit sich auf das Schiff und verbot seinen Leuten, das Geringste von diesem Ereignis bekannt werden zu lassen. Hierauf ließ er die Flotte wieder weitersegeln und zwar direkt seinem Reich zu, wo er an einem besonders gewählten Ort landete und die Kinder vorläufig verborgen hielt.

Nun kam die Königin ihrem Mann entgegen und empfing ihn mit größter Freundlichkeit. Der König zeigte sich nicht sehr erfreut und fragte, warum denn seine Kinder nicht gekommen seien, um ihn zu empfangen, wie es immer ihre Gewohnheit war. Die Königin bat ihn, nicht davon zu sprechen, und begann zu jammern und zu weinen. Sein Land sei von einer bösartigen Krankheit heimgesucht worden und diese habe auch seine »lieben Kinder« trotz ihrer und anderer Pflege und Fürsorge dahingerafft. Niemand aber wagte es, den Worten der Königin zu widersprechen, so gut hatte sie vorher alles vorbereitet.

Der König stellte sich, als ob er über diese Nachricht sehr betrübt wäre. Diejenigen aber, die ihn genauer kannten, bemerkten, dass es ihm mit seinem Kummer nicht ernst war. Er fragte die Königin, ob die Kinder begraben worden seien. Halb weinend antwortete sie, dass dies geschehen sei. Da wollte der König gleich zu ihren Grabstätten gehen, um sie zu sehen. Die Königin versuchte, dies jedoch auf jede Weise zu verhindern, und sagte, dass dieser Anblick nur seinen Kummer vermehren würde. Sie sprach dabei in so süßen Worten und war so zärtlich gegen ihn, als sie nur konnte, sodass es allen leid tat, wie hartherzig der König war, der unerbittlich darauf bestand, die Grabstätten seiner Kinder zu sehen. Diese mussten ihm endlich gezeigt werden. Als er dahin kam, bewunderte er zwar deren Schönheit, konnte jedoch unmöglich weinen. Dies scheine ihm sehr seltsam zu sein, meinte er.

Der König begab sich hierauf mit seinem Gefolge heim in das Schloss, und die Königin ließ ein großes Freudenmahl für ihn veranstalten.

Es verstrich nun einige Zeit, in der der König jeden Tag zu den angeblichen Grabstätten seiner Kinder ging, ohne aber über ihnen weinen zu können, und er sagte immer, dass er sich darüber wundere. Endlich begehrte er, dass die Kinder wieder ausgegraben werden sollten, damit er – wie er sagte – die Leichen und deren Zurüstung sehen könne.

Die Königin beschwor ihn mit den zärtlichsten Worten, von diesem Vorhaben abzusehen. Allein der König blieb auch diesmal unerbittlich und ließ die Gräber öffnen. Es wurden die Särge herausgenommen, die sehr prächtig waren. Aber der König wollte, dass auch diese geöffnet würden. Die Königin und viele andere hielten ihm abermals vor Augen, dass dies ja den Kummer des Königs mehren müsse, wenn er seine Kinder oder vielmehr deren Leichen so lange Zeit nach ihrem Tode sehen würde.

Der König bestand nur umso fester auf seinem Verlangen, und die Särge wurden geöffnet. Da befand sich in jedem der Särge die Leiche eines jungen Hundes, doch keine der Kinder. Der König sagte, er sehe, dass hier verbrecherischer Betrug im Spiele sei, und er habe dies schon früher gewusst. Er wollte hierauf der Königin sogleich das Leben nehmen lassen. Diese gestand ihre ganze Untat ein und bat den König um Gnade. Sie habe ohnehin nur mehr kurze Zeit zu leben, sagte sie.

Es wurden nun die Kinder des Königs herbeigeführt und diese erzählten allen ihre Schicksale. Auch der König und seine Gefährten teilten jetzt mit, was sie erlebt hatten. Die Königin erhielt von dem König, trotz der Einwendungen seiner Ratgeber, die kurze Lebensfrist bis zu ihrem Tode, der auch bald darauf erfolgte. Und jetzt weiß ich die Geschichte nicht mehr weiter.

Hringur und Snati-Snati

Es waren einmal ein König und eine Königin in ihrem Reich. Sie hatten eine Tochter, die Ingibjörg hieß, und einen Sohn namens Hringur. Dieser war nicht so mutig, wie es sonst die Söhne der vornehmen Leute zu jener Zeit zu sein pflegten, und verstand sich auch nicht auf ritterliche Künste.

Als Hringur zwölf Jahre alt war, ritt er eines schönen Tages mit seinem Gefolge in den Wald hinaus, um sich zu erlustigen. Sie ritten lange, bis sie eine Hirschkuh erblickten, die goldene Ringe auf dem Geweih hatte. Der Königssohn wollte die Hirschkuh fangen und sie verfolgten sie daher so lange, bis alle ihre Pferde zu Tode geritten waren und endlich auch das Pferd des Königssohnes tot zusammenstürzte.

Da fiel plötzlich so finsterer Nebel ein, dass sie die Hirschkuh nicht mehr sehen konnten. Sie hatten sich sehr weit von allen Menschenwohnungen entfernt und wollten jetzt umkehren, allein sie hatten sich verirrt. Sie gingen nun zuerst alle zusammen, bis jeder von ihnen einen anderen Weg für den richtigen hielt, und sie trennten sich daher und gingen jeder nach einer anderen Richtung weiter.

Der Königssohn ging ebenfalls irre und wanderte umher, ohne zu wissen wohin, bis er zu einem kleinen offenen Platz im Wald kam, der nicht weit vom Meer entfernt war. Hier sah er ein Weib auf einem Stuhl sitzen, neben dem sich ein großes Fass befand. Der Königssohn schritt auf das Weib zu und begrüßte es höflich, worauf dieses seinen Gruß freundlich erwiderte. Er blickte in das Fass hinein und sah auf dessen Boden einen überaus schönen goldenen Ring liegen. Da wurde er von einer unbezwinglichen Begierde erfüllt, diesen Ring zu besitzen, von dem er die Augen nicht abwenden konnte.

Das Weib bemerkte dies und sagte: »Ich sehe, dass du große Lust nach dem Ring hast, der in dem Fasse liegt.«

»Dies ist auch der Fall«, entgegnete der Königssohn.

Das Weib sagte hierauf: »Du sollst den Ring erhalten, wenn du dir die Mühe nimmst, ihn aus dem Fasse hervorzuholen.«

Der Königssohn begann nun, sich in das Fass hinein zu strecken, was ihm nicht sonderlich tief zu sein schien, und wollte sich beeilen, den Ring herauszunehmen. Aber je mehr er sich streckte, desto tiefer wurde das Fass. Als er zur Hälfte über die Kante des Fasses gebeugt war, stand das Weib auf, stürzte ihn kopfüber in das Fass und sagte: »Darin sollst du nun bleiben.« Hierauf verschloss sie das Fass und rollte es hinaus ins Meer.

Der Königssohn fühlte nun wenig Behagen. Er merkte, dass das Fass sich vom Land entfernte und lange von den Wogen umhergetrieben wurde. Wie viele Tage aber dies dauerte, wusste er nicht. Endlich merkte er, dass das Fass gegen einen Felsen stieß. Er war darüber sehr erfreut, denn er dachte, dass es Land, nicht etwa eine Klippe sei. Er kam auf den Gedanken, den Boden des Fasses mit den Füßen auszustoßen, denn er konnte etwas schwimmen.

Er tat dies auch, obschon er fürchtete, dass er das Land nicht erreichen werde. Da aber flache und niedrige Felsen in das Meer hinausragten, so gelang es ihm doch, an Land zu kommen. Hier waren aber hohe Berge und es schien ihm schwierig zu sein, landeinwärts zu kommen. Er ging eine Strecke weit am Fuße der Berge hin und versuchte sodann emporzuklettern, was er schließlich auch zustande brachte. Als er die Höhen erreicht hatte, blickte er um sich und sah, dass es eine Insel war. Diese war mit Wald bewachsen und schien ihm sehr fruchtbar zu sein. Es wuchsen hier gute Äpfel zum Essen, und er fand, dass es hier allem Anscheine nach ganz behaglich zu leben sein müsse.

Als er einige Tage hier geweilt hatte, hörte er im Wald ein starkes Gedröhn. Da begann er, sich sehr zu fürchten, und lief in den Wald, um sich zu verbergen. Er sah aber alsbald einen großen Troll mit einem Schlitten daherkommen, der gerade auf ihn zuging. Da blieb ihm nichts anderes übrig, als sich niederzuwerfen, wo er stand. Als der Troll ihn fand, blieb er eine Weile vor ihm stehen und blickte ihn an. Hierauf nahm er ihn auf die

Arme, trug ihn mit sich nach Hause und war überaus freundlich gegen ihn. Daheim übergab er den Knaben seinem Weib, das so alt war, dass es im Bette liegen musste.

Er erzählte dem Weib, dass er dieses Kindlein im Wald gefunden habe, und sagte: »Behalte es eine Woche lang bei dir.«

Das Weib war darüber sehr erfreut und streichelte dem Königssohn die Wangen und sprach sanfte, freundliche Worte zu ihm. Er verblieb nun bei ihnen, war willig und folgsam in allem, was sie ihn tun hießen, und die beiden alten Leute waren überaus gut zu ihm.

Eines Tages zeigte der Troll dem Königssohn alle seine Zimmer und Verschläge mit Ausnahme der Küche. Da bekam Hringur große Lust, auch diese zu sehen, denn er glaubte, dass darin seltene Kostbarkeiten verborgen seien. Als daher der Troll eines Tages im Walde draußen war, versuchte er in die Küche zu kommen, konnte jedoch die Türe nur zur Hälfte öffnen. Er sah, dass sich darin etwas Lebendes schüttelte, hin und her lief und hörte auch, dass es etwas sprach. Da taumelte der Königssohn entsetzt von der Türe zurück, schlug diese wieder zu und machte aus Schrecken in die Hosen. Als die Furcht vorüber war, öffnete er abermals die Türe, denn er hätte gerne gehört, was das lebende Wesen sagte, allein es geschah dasselbe wie vorher. Da wurde der Königssohn über sich selbst ärgerlich, fasste Mut, so gut er konnte, und machte zum dritten Male den Versuch, in die Küche zu sehen. Er sah jetzt einen zottigen Hund, der zu ihm sagte:

»Nimm mich, Hringur, Königssohn!«

Ganz erschreckt eilte er zurück und dachte bei sich: »Das ist ja kein so kostbarer Gegenstand.« Die Worte des Hundes aber konnte er gleichwohl nicht vergessen.

Er blieb noch eine Zeit lang bei dem Troll, bis dieser eines Tages zu ihm kam und sagte, dass er ihn jetzt von der Insel auf das Festland bringen wolle, denn er werde nicht mehr lange hier leben. Er dankte auch dem Königssohne für seine guten Dienste und sagte, er könne sich nun was immer für einen Gegenstand, den er besitzen möchte, aus seiner Habe wählen, er werde ihm den ohne Weiteres geben.

Hringur dankte ihm dafür und sagte, dass er durchaus keinen Lohn verdient habe. Wenn er ihm aber schon etwas geben wolle, so wähle er dasjenige, was sich in der Küche befinde.

Da wurde der Troll sehr niedergeschlagen und sagte:

»Du wähltest da meines alten Weibes rechte Hand. Ich will jedoch mein Wort nicht brechen.«

Hierauf holte er den Hund. Als dieser in einem mächtigen Satze und voll Freude dahergesprungen kam, fürchtete sich der Königssohn so sehr, dass er kaum wieder Mut fassen konnte.

Der Troll ging hierauf mit ihm zum Meer hinab und sie stiegen hier in ein steinernes Boot, das so klein war, dass es kaum für sie beide und den Hund Platz bot. Als sie an Land gekommen waren, nahm der Troll von Hringur freundlich Abschied und sagte, dass er ihm dasjenige, was sich auf der Insel befinde, als Erbe hinterlassen werde. Er solle es in einem halben Monat holen, denn dann werde weder er noch sein Weib mehr am Leben sein.

Der Königssohn dankte ihm für seine Güte und hierauf schieden sie voneinander. Der Troll ruderte wieder zurück nach der Insel, der Königssohn aber ging landeinwärts. Er wusste ganz und gar nicht, in welchem Lande er war, und wagte es auch nicht, den Hund anzusprechen.

Als sie eine Weile so dahingegangen waren, sprach endlich der Hund selbst ihn an und sagte:

»Du scheinst mir nicht sehr neugierig zu sein, da du nicht einmal nach meinem Namen fragst.«

Da fragte der Königssohn stammelnd:

»Wie heißt du?«

Der Hund antwortete:

»Es ist am besten für dich, du nennst mich Snati-Snati. Wir kommen jetzt in ein Königreich und da sollst du den König bitten, dass er dir den Winter über Aufenthalt bei sich gewähre und dir für uns beide ein kleines Schlafgemach überlasse.«

Der Königssohn verlor nun allmählich die Furcht vor dem Hund. Er kam in das Königreich und bat den König, dass er ihm den Winter über Aufenthalt bei sich gewähre, was dieser ihm auch sogleich bewilligte.

Als die Leute des Königs den Hund sahen, fingen sie an zu lachen, und wollten ihn necken. Sowie aber der Königssohn dies bemerkte, sagte er:

»Ich möchte euch raten, meinen Hund nicht zu necken. Es könnte euch sonst übel bekommen.«

Da machten die Leute sich über ihn lustig. Hringur bekam eine Herberge und es dauerte nicht lange, so hatte der König ihn sehr liebgewonnen und achtete ihn mehr als alle andern.

Der König hatte einen Ratgeber, der Rauður hieß. Als dieser sah, dass Hringur vom König so hochgeachtet wurde, ward er von Neid gegen diesen erfüllt. Er kam eines Tages zum König und sagte, er könne nicht begreifen, was all die Aufmerksamkeit zu bedeuten habe, die er Hringur erweise. Derselbe habe sich ja, seit er hier sei, in keiner Weise vor den Übrigen durch besondere Taten oder Künste hervorgetan.

Der König sagte, es sei ja noch nicht lange her, dass Hringur gekommen sei.

Rauður schlug nun vor, dass der König sie am nächsten Tage beide in den Wald hinaus gehen und Bäume fällen heiße, damit es sich zeige, wer von beiden die meisten fällen würde.

Dies hört Snati-Snati und erzählte es Hringur. Er riet ihm zugleich, den König zu bitten, dass er ihm zwei Äxte borge für den Fall, dass die eine entzweibrechen sollte.

Am nächsten Morgen forderte der König Rauður und Hringur auf, in den Wald zu gehen und Bäume zu fällen.

Sie waren beide gleich dazu bereit. Hringur bekam zwei Äxte und sie gingen hierauf jeder seinen Weg.

Als Hringur in den Wald hinausgekommen war, nahm Snati die eine Axt und begann zugleich mit Hringur, Bäume zu fällen. Abends kam der König, wie Rauður es verabredet hatte, um zu sehen, wie viel jeder von ihnen gearbeitet habe. Da war der Holzhaufen des Hringur um mehr als das Doppelte größer als der des Rauður.

Der König aber sagte:
»Ich wusste es ja, dass Hringur kein unnützer Schwächling ist, und niemals habe ich ein solches Tagewerk gesehen.«
Hringur genoss nun ein noch größeres Ansehen bei dem König als früher. Rauður aber war über all dies höchst missvergnügt. Eines Tages kam er wieder zum König und sagte:
»Da Hringur schon ein gar so tüchtiger Mann ist, solltest du ihn doch bitten, dass er die beiden Opferstiere draußen im Walde töte, sie am selben Tage noch abhäute und dir abends die Hörner und Bälge überbringe.«
Der König antwortete:
»Scheint es dir nicht, dass dies dasselbe ist, als wenn du ihn in den Tod schickst, da die Stiere so wild sind, dass es noch niemand wagte, sich ihnen zu nähern?«
Rauður antwortete, dass Hringur ja nur einmal sein Leben verlieren könne. Es wäre ein Spaß, ihn auf die Probe zu stellen, und der König sei dann noch mehr berechtigt als früher, ihn zu ehren, wenn er die Stiere überwunden habe.
Der König ließ sich endlich doch überreden, obwohl er es nur sehr ungern tat, und bat eines Tages Hringur, in den Wald zu gehen, die Stiere zu töten, die sich dort befänden, und ihm abends deren Hörner und Bälge zu überbringen.
Hringur wusste nichts von der Wildheit der Stiere und war sogleich bereit, des Königs Wunsch zu erfüllen. Er ging in den Wald hinaus. Rauður aber war darüber sehr erfreut und rechnete Hringur bereits zu den Toten.
Als Hringur die Stiere erblickte, kamen diese brüllend auf ihn los. Der eine von ihnen war überaus groß, der andere jedoch kleiner. Nun begann Hringur sich sehr zu fürchten. Da sagte Snati:
»Wie gefällt dir dies jetzt?«
»Schlecht«, antwortete Hringur.
Snati sagte:
»Es bleibt nun nichts anderes übrig, als sie anzugreifen. Geh du gegen den kleineren, ich will es mit dem großen aufnehmen.«

Nach diesen Worten lief der Hund sogleich gegen den großen Stier, und es dauerte nicht lange, so hatte er ihn überwunden.

Der Königssohn ging bebend vor Furcht dem kleineren Stier entgegen und als Snati hinzukam, hatte der Stier Hringur bereits zu Boden geworfen. Der Hund brachte ihn jedoch sogleich in Sicherheit und überwand auch den kleinen Stier. Hierauf zog jeder seinem Tier die Haut ab, und als Snati den großen bereits vollständig abgehäutet hatte, war Hringur mit dem kleinen erst bis zur Hälfte gekommen.

Als sie nun abends mit ihrer Arbeit fertig waren, fühlte Hringur, dass er nicht die Kraft habe, um die Hörner und Häute zu tragen. Da sagte Snati, er solle diese nur auf seinen, Snatis, Rücken werfen. Er werde sie schon bis zum Tore der Stadt hintragen.

Der Königssohn tat hierauf, wie der Hund sagte, und lud alles auf dessen Rücken, mit Ausnahme der Haut von dem kleinen Stier, die er selbst trug. All dies ließ er an dem Stadttor zurück, ging hierauf zum König und bat ihn, mit ihm zu kommen, worauf er ihm die Hörner und Häute übergab.

Der König bewunderte Hringurs Heldenmut, sagte, dass es nicht seinesgleichen gebe und dankte ihm für die Arbeit, die er ihm da besorgt habe. Er ließ ihn hierauf an seiner Seite sitzen und Hringur wurde von allen hochgeschätzt. Selbst Rauður konnte nicht umhin, ihn für den größten Kämpen anzusehen, brütete aber doch stets über dem Plan, ihn aus dem Wege zu schaffen.

Da kam Rauður eines Tages ein guter Gedanke. Er ging zum König und sagte, dass er etwas Wichtiges mit ihm zu sprechen habe. Der König fragte, was es sei. Rauður sagte, es seien ihm nun wieder der gute goldene Mantel, das gute goldene Brettspiel und das gute lichte Gold eingefallen, welche Dinge dem König vor einigen Jahren abhandengekommen seien. Der König bat ihn, er möge ihn nicht an diesen Verlust erinnern. Rauður aber fragte, ob der König nicht dieselben Gedanken habe, wie er.

Der König fragte:

»Was meinst du damit?«

Rauður sagte, man könne sehen, dass Hringur ein ausgezeichneter Mann sei und alles zustande bringe. Deshalb sei er auf den Gedanken gekommen, dem König zu raten, dass er Hringur bitte, ihm diese Kleinodien aufzusuchen und noch vor Weihnachten zu bringen. Als Lohn dafür solle er ihm seine Tochter versprechen.

Der König entgegnete, er finde es unpassend, Hringur um etwas solches zu bitten, da er ihm nicht einmal einen Wink geben könne, wo er diese Gegenstände zu suchen habe.

Rauður stellte sich, als ob er nicht hörte, was der König sagte, und sprach solange in denselben hinein, bis er ihn endlich überredete, nach seinem Willen zu tun.

Einen Monat vor Weihnachten sprach der König mit Hringur und sagte, dass er eine große Bitte an ihn zu richten habe. Hringur fragte, was es sei. Der König sagte, er wolle ihn bitten, ihm den guten goldenen Mantel, das gute goldene Brettspiel und das gute lichte Gold, welche Dinge ihm vor einigen Jahren gestohlen worden seien, zu holen. Wenn er diese noch vor Weihnachten zurückbringen könne, wolle er ihm seine Tochter zum Weibe geben.

Hringur sagte:

»Wo soll ich nach diesen Dingen suchen?«

Der König entgegnete:

»Das musst du selbst herausfinden, denn ich weiß es nicht.«

Hringur entfernte sich und war sehr gedankenvoll, denn es schien ihm, dass er große Schwierigkeiten zu überwinden habe, während er andererseits doch auch gerne die Königstochter haben wollte.

Als Snati sah, dass sein Herr so ratlos war, sagte er zu ihm, er möge nicht verzweifeln wegen des Wunsches des Königs. Er solle nur seinen Rat befolgen, denn sonst würde es ihm nicht gut ergehen.

Hierauf rüstete sich Hringur zur Abreise und nahm Abschied vom König.

Als er sich auf den Weg machte, sagte Snati:

»Wandere in der ganzen Umgegend herum und verschaffe dir so viel Salz, als du kannst.«

Dies tat der Königssohn, und er bekam so viel Salz zusammen, dass er es nicht tragen konnte. Da sagte Snati, er solle ihm den Sack auf den Rücken legen. Hringur tat dies auch und der Hund lief dem Königssohne so lange voraus, bis sie zu einem großen Berg kamen.

»Da müssen wir hinauf«, sagte Snati.

»Das wird keine leichte Sache sein«, meinte der Königssohn.

»Halte dich nur an meinem Schwanze fest«, entgegnete Snati.

Hierauf sprang Snati mit Hringur am Schwanze auf den niedersten Bergabsatz. Da wurde Hringur schwindelig.

Sodann sprang der Hund auf den nächsten Absatz. Da war Hringur nahe daran, ohnmächtig zu werden.

Endlich sprang Snati mit dem Königssohne ganz auf den Berg hinauf, und nun wurde Hringur ganz ohnmächtig.

Als der Königssohn nach einer Weile wieder zu sich gekommen war, gingen sie beide eine Zeit lang auf ebenen Strecken dahin, bis sie zu einer Höhle kamen. Es war dies am Weihnachtsabend. Sie untersuchten die Höhle von außen und fanden ein Fenster, durch das sie vier Trolle, zwei Männer und zwei Weiber, um das Feuer herum schlafen sahen, über dem ein großer Breikessel hing.

»Streu nun das ganze Salz über den Brei«, sagte Snati.

Hringur tat, wie der Hund ihm sagte, und da erwachten alle vier Trolle. Das alte Trollweib, das am abscheulichsten von ihnen aussah, kostete zuerst den Brei und sagte:

»Nun ist der Brei versalzen. Wie kann das sein? Ich zauberte gestern die Milch aus vier Königreichen hierher und dennoch ist sie jetzt versalzen!«

Gleichwohl begannen alle vier den Brei zu verschlingen, und er schmeckte ihnen recht gut. Als sie aber damit fertig waren, wurde das alte Trollweib so durstig, dass es nahe daran war zu verschmachten. Es bat daher seine Tochter, dass sie hinausgehen und von dem nahen Fluss Wasser holen möge.

»Ich gehe nicht einen Schritt weit«, sagte das Trollmädchen, »wenn du mir nicht das gute lichte Gold leihst.«

»Eher will ich sterben«, entgegnete das alte Trollweib, »bevor du es bekommst.«

»So stirb denn«, antwortete das Mädchen.

»Da nimm es, abscheuliche Dirne«, sagte die Alte, »und beeile dich, dass du das Wasser bringst.«

Das Mädchen nahm das Gold und lief hinaus. Da leuchtete es über die ganze Strecke hin. Als aber das Mädchen zum Fluss kam, legte es sich flach auf die Erde nieder und begann zu trinken. Da liefen Hringur und Snati vom Fenster weg und warfen das Mädchen in den Fluss, nachdem sie ihr zuvor das gute lichte Gold genommen hatten.

Der Alten schien die Tochter zu lange auszubleiben, und sie sagte, dass die Dirne wohl sicherlich mit dem lichten Golde auf der Ebene herumhüpfe. Sie sprach daher jetzt zu ihrem Sohn:

»Geh du hin und hol mir einen Trunk Wasser!«

»Ich gehe nicht einen Schritt weit«, sagte dieser, »wenn du mir nicht den guten goldenen Mantel gibst.«

»Eher will ich sterben«, sagte die Alte, »bevor du den bekommst.«

»So stirb denn«, entgegnete ihr der Sohn.

»Da nimm ihn, du abscheulicher Bursche«, sagte die Alte, »beeil dich aber, dass du das Wasser bringst!«

Der Bursche legte den Mantel um, und als er hinauskam, leuchtete ihm derselbe auf seinem Weg. Er kam hierauf zu dem Fluss und wollte ebenso trinken wie seine Schwester. Da liefen Hringur und Snati herbei, nahmen ihm den Mantel ab und warfen ihn in den Fluss.

Nun konnte es das alte Trollweib nicht länger vor Durst aushalten und bat deshalb ihren Mann, Wasser zu holen, und sagte, dass die Kinder gewiss draußen spielen. Das habe es gleich geahnt, als es ihren Bitten nachgegeben habe.

»Ich gehe nicht einen Schritt weit«, sagte der alte Troll, »wenn du mir nicht das gute goldene Brettspiel gibst.«

»Eher will ich sterben«, sagte das Trollweib, »bevor du von mir dieses bekommst.«

»Dann magst du meinetwegen abfahren«, sagte der Mann, »wenn du nicht einmal eine so geringe Bitte erfüllen willst.«

»Da nimm es, abscheulicher Mensch«, entgegnete das Trollweib, »du bist ebenso kindisch wie die Jungen.«

Hierauf ging der alte Troll mit dem Brettspiel fort, kam zu dem Fluss und begann zu trinken. Da liefen Hringur und Snati eiligst herbei, nahmen ihm das Brettspiel weg und warfen ihn in den Fluss. Bevor sie aber wieder zur Höhle zurückgekommen waren, stieg das Gespenst des Trolls aus dem Fluss empor und kam auf sie zu. Snati lief ihm entgegen und fasste es an, ebenso auch Hringur, obschon er beinahe wieder all seinen Mut verloren hatte. Sie überwanden den Troll zum zweiten Male. Als sie jedoch zu dem Fenster zurückgekommen waren, sahen sie, dass das alte Trollweib aus der Höhle zu kriechen sich anschickte. Da sagte Snati:

»Nun müssen wir hineingehen und versuchen, ob wir nicht mit ihr fertig werden können. Denn wenn sie herauskommt, werden wir sie niemals überwinden können. Sie ist das schlimmste Trollweib, das auf Erden lebt, und kein Eisen kann sie verwunden. Jetzt soll der eine von uns kochenden Brei aus dem Kessel auf sie gießen, der andere aber sie mit glühendem Eisen kneifen.«

Hierauf gingen sie in die Höhle. Als das Trollweib Snati erblickte, sprach sie zu ihm:

»Du bist hierhergekommen, Hringur Königssohn? Du hast gewiss meinem Mann und meinen Kindern den Garaus gemacht!«

Snati ahnte sogleich, dass dies der Anfang zu einer Zauberformel sei und fuhr mit einem glühenden Eisen auf sie los, das er aus dem Feuer herausgenommen hatte. Hringur aber begoss sie unablässig mit Brei, bis sie das Trollweib endlich überwunden hatten.

Hierauf verbrannten sie sowohl das Trollweib wie auch das tote Gespenst des alten Trolls, untersuchten die Höhle und fanden darin viel Gold und Kostbarkeiten, wovon sie das Beste zum Bergabhang brachten. Sie beeilten sich sodann, mit den drei Kleinodien zum König zu kommen.

Spät am Weihnachtsabend erschien Hringur in der Halle des

Königs und übergab ihm die drei kostbaren Gegenstände. Da war der König ganz außer sich vor Erstaunen über Hringurs Tapferkeit und Schlauheit. Er liebte ihn noch mehr als früher, verlobte ihm seine Tochter und noch in der Weihnachtszeit sollte die Hochzeit stattfinden.

Hringur dankte dem König für seine Güte und nachdem er in der Halle gegessen und getrunken hatte, ging er in seine Herberge, um zu schlafen. Da sagte Snati, dass er in Hringurs Bett liegen wolle, Hringur dagegen auf dem Hundelager ruhen solle.

Der Königssohn antwortete, dass er gerne dazu bereit sei. Er war ja Snati viel mehr schuldig als diese kleine Unbequemlichkeit.

Hierauf sprang Snati in das Bett hinauf, kam aber nach einiger Zeit wieder herab und sagte, nun möge Hringur ins Bett steigen, sich aber darin auf keine Weise bewegen.

Während dies zwischen dem Hund und dem Königssohn vorging, kam Rauður in die Halle und zeigte dem König seinen Arm, von dem die Hand abgetrennt war. Er sagte dabei, der König könne nun sehen, welche Eigenschaften sein zukünftiger Schwiegersohn besitze, denn dieser habe das getan und zwar ohne allen Grund.

Da wurde der König rasend vor Zorn, und sagte, er werde sogleich die Wahrheit erfahren. Wenn Hringur dem Rauður ohne allen Grund die Hand abgehauen habe, so solle er gehängt werden. Sei dies aber nicht der Fall, so solle Rauður sein Leben verlieren.

Der König ließ Hringur holen und fragte ihn, warum er Rauður die Hand abgehauen und ob er dies ohne allen Grund getan habe.

Snati hatte Hringur bereits vorher alles gesagt, und dieser bat den König mit ihm zu gehen, er habe ihm etwas zu zeigen.

Der König ging mit Hringur in dessen Schlafgemach und sah hier im Bette eine Menschenhand liegen, die ein Schwert hielt. Hringur erzählte, dass diese Hand durch die Wand gekommen sei und ihn mit dem Schwert habe durchbohren wollen. Er habe sich nur verteidigt.

Da fand der König, dass Rauður sein Leben verwirkt habe, und er wurde gehängt. Hringur aber hielt Hochzeit mit der Königstochter.

Als das Brautpaar in der ersten Nacht beisammen schlief, bat Snati, dass er zu ihren Füßen liegen dürfe. Hringur erlaubte es ihm. In der Nacht hörte Hringur Lärm und Geheul. Er machte Licht und sah nun ein schrecklich hässliches Hundegewand auf dem Boden, im Bette aber einen schönen Königssohn liegen. Er nahm sogleich das Hundegewand und verbrannte es. Dem Königssohn sprengte er Wasser ins Gesicht, da er betäubt dalag. Hierauf erwachte dieser zum Bewusstsein.

Der Bräutigam fragte ihn um seinen Namen. Er heiße Hringur und sei ein Königssohn, antwortete jener. Hierauf erzählte er, er habe, als er noch jung war, seine Mutter verloren und sein Vater habe hierauf ein Trollweib zur Königin genommen. Diese habe ihn in einen Hund verwandelt und den Zauber über ihn ausgesprochen, dass er nie wieder zu einem Menschen werden solle, wenn nicht ein Königssohn von gleichem Namen ihm erlaube, in der Hochzeitswoche zu seinen Füßen zu liegen.

»Da sie wusste«, so fuhr er fort, »dass du denselben Namen trägst wie ich, wollte sie dich aus dem Weg räumen, damit du mich nicht aus der Verzauberung erlösen könntest. Sie war die Hindin, die du mit deinen Leuten verfolgtest. Sie war das Weib, das du im Wald bei dem Fass antrafst, und sie war auch das Trollweib, das wir in der Höhle erschlugen.«

Als die Hochzeit vorüber war, begaben sich die Königssöhne nach dem Berge, wo sie die Schätze aus der Höhle aufbewahrt hatten, und brachten hierauf diese Reichtümer in die Königsburg. Sodann holten sie alles Gold, was sie auf der Insel fanden.

Hringur gab dem erlösten Namensgenossen seine Schwester Ingibjörg und überließ ihm sein Erbreich. Er selbst aber regierte über das halbe Reich seines Schwiegervaters und wurde nach dessen Tod König über das ganze Land.

Von Bösen, Unholdinnen und Weisen

Der allwissende Bauernbursche

Ein Bauernpaar hatte einen Sohn namens Kresent oder, wie die Eltern ihn nannten, Kres. Wie er erwachsen ist, zieht er aus, um sich Ehre und Reichtum zu erwerben. Er kommt in ein Königreich und wohnt hier bei einem Bürger. Einst sieht er die wunderschöne Königstochter Ingibjörg und wird von Liebe zu ihr ergriffen. Von dieser Zeit an geht er schweigend und wie im Traume umher. Sein Wirt fragt ihn, weshalb er so in sich gekehrt sei.

Kresent sagt: »Das kommt daher, dass ich so viel mehr wie andere erfahre und weiß. Daheim wurde ich von allen ein Weiser und Wahrsager genannt.« Der Wirt hat nun schleunigst nichts anderes zu tun, als dem König mitzuteilen, welch ein bedeutender Gast in das Königreich gekommen sei. Der König ist hocherfreut und lädt sogleich Kresent zu sich an den Hof als Wintergast.

Eines Tages will der König die Wahrsagekunst des Kresent erproben. Er trägt ihm auf zu sagen, ob das Kind, das die Königin erwartet, ein Knabe oder ein Mädchen sei. Kresent ist über diese Frage in großer Verlegenheit und bittet sich drei Tage Bedenkzeit aus. Als er nach dieser Zeit nun antworten soll, ist er eigentlich so klug wie davor, sagt aber schließlich aus reiner Verzweiflung: »Ich muss fast vermuten, dass die Königin Zwillinge bekommt. Denn wenn sie in die Halle hineingeht, so scheint das Kind ein Knabe, wenn sie aber hinausgeht, so scheint es mir ein Mädchen zu sein.« Nach einiger Zeit gebiert die Königin wirklich einen Knaben und ein Mädchen, und nun steht Kresent beim König in hohem Ansehen.

Einst hat der König eine große Gesellschaft geladen. Zu diesem Fest hatte er seinem neuen Koch befohlen, ein Gericht zu bereiten, das niemand kennt. Neugierig fragen sich die Gäste, was das wohl sein könne. Der König hat seine Freude an ihrem

Staunen und verkündet, er wolle ein prächtiges Obergewand und einen Goldring demjenigen schenken, der den Namen dieses Gerichts errate. Kresent, der natürlich den Namen ebenso wenig kennt, sagt halblaut vor sich hin: »Nun weiß nicht einmal Kres, was er sagen soll.« Das Gericht hieß aber Kres, und wie der König das hört, meint er, eigentlich habe er seinen Wahrsager von dem Erraten dieses Gerichts ausgeschlossen. Denn es sei bei seiner Weisheit ja doch selbstverständlich, dass er den Namen wisse. Aber zum Zeichen seiner Anerkennung wolle er ihm doch die verheißene Belohnung geben.

Einige Zeit später wird dem König sein höchstes Kleinod, ein kostbarer Ring, gestohlen. Nirgends ist er wiederzufinden, und auch vom Dieb ist keine Spur zu entdecken. Der König ist furchtbar traurig, erinnert sich aber zu guter Zeit seines trefflichen Wahrsagers und lässt Kresent zu sich kommen. Er trägt ihm auf, den Ring wiederzubeschaffen und ihm auch Näheres vom Dieb zu sagen: »Drei Tage hindurch will ich dir Bedenkzeit geben und dich in dieser Zeit in ein Haus, wohlversehen mit gutem Essen und Trinken, einsperren. Wenn du nach dieser Frist mir den Ring ausliefern kannst, so gebe ich dir meine Tochter Ingibjörg zur Frau und dazu das halbe Königreich – nach meinem Tode sollst du dann König werden. Kannst du mir jedoch nichts sagen, so lasse ich dich töten, denn dann ist deine ganze Wahrsagekunst nichts wert.«

Nun wird Kresent in ein Haus eingeschlossen. Hier sitzt er sehr betrübt, denn er hat natürlich keine Ahnung, wo der Ring sein könnte. Da ihm der Tod gewiss scheint, so will er wenigstens in den drei Tagen das Leben noch genießen. Er lässt sich also die leckeren Speisen gut schmecken und betrinkt sich gründlich. Angeheitert sitzt er am Abend auf einem Sofa an der Türe und überlegt sich, wie viele Tage er noch zu leben habe. So sagt er im Rausche unaufhörlich, bald laut, bald leise: »Nun sind es drei, nun sind es drei!«

Es ist aber hier zu sagen, dass drei Höflinge den Ring gestohlen hatten. Wie diese erfahren, dass der berühmte Wahrsager Kresent in ein Haus eingeschlossen sei, um den Ring wieder und die Diebe ausfindig zu machen, bekommen sie einen großen Schrecken. Sie schleichen sich abends an die Türe und hören, wie Kresent bald laut, bald leise vor sich hinsagt »Nun sind es drei, nun sind es drei!« Sie sind nun gewiss, dass Kresent schon geraten habe, dass drei Diebe den Ring stahlen, und kommen darüber in nicht geringe Verzweiflung. Am folgenden Abend überzählt Kresent im Rausch wieder seine Tage und sagt in einem fort: »Der erste ist vorbei, nun sind es nur noch zwei.« Auch dies hören die Höflinge und sind ganz sicher, dass der Wahrsager die Person des einen schon kenne. Am folgenden Abend sagt Kresent: »Der zweite ist vorbei, der dritte kommt an die Reih.« Nun folgt der letzte Abend. Kresent sitzt wieder angeheitert auf seinem Sofa und sagt in einem fort: »Nun sind alle drei, der dritte auch vorbei.« Wie die lauschenden Höflinge das hören, sind sie ganz überzeugt, dass nun der Wahrsager sie alle drei entdeckt habe. Da sie keinen anderen Weg zur Rettung sehen, beschließen sie, dem weisen Manne lieber alles zu gestehen und ihn um Hilfe zu bitten. Sie klopfen also an die Türe und flehen dringend um Einlass. Kresent glaubt jedoch in seiner Trunkenheit, dass die Henker des Königs ihn zum Richtplatze führen wollen. Er beschließt, sein Leben tapfer zu verteidigen und hält ängstlich die Türe geschlossen. Nun rufen die Höflinge ihm in ihrer Verzweiflung: »Wir wollen ja alles gestehen. Den Ring haben wir auch gleich mitgebracht.« Zweifelnd öffnet Kresent die Türe. Sogleich stürzen die drei ihm zu Füßen, halten den Ring in die Höhe und bitten in den rührendsten Tönen um seine Vergebung. Kresent fasst sich schnell. Er hält ihnen erst eine kleine Moralpredigt, dann verspricht er, ihnen noch einmal zu helfen. Nun müssen sie ihm den besten Ochsen des Königs herbeiholen, und diesem gibt er den Ring, in Futter eingewickelt, zu verschlucken. Einem Sklaven des Königs lässt er heimlich viel Geld geben. Dann verschafft er ihm die Gelegenheit zu entlaufen, sodass niemand seiner mehr habhaft werden kann. Am folgenden Morgen erwartet er dann mit Seelenruhe die Henker.

Vor den König geführt erklärt er: »Den Ring bringe ich zwar nicht selber, aber infolge meiner Weisheit habe ich entdeckt, wo er zu finden und wie der Diebstahl geschehen ist. Ein Sklave des Königs hat den Ring gestohlen. Wie nun die Nachricht sich verbreitet hat, dass ich, der Wahrsager, innerhalb von drei Tagen den Dieb ausfindig machen würde, hat dieser eine furchtbare Angst bekommen. Er hat den Ring, in Futter gewickelt, dem besten Ochsen des Königs zu verschlucken gegeben, ist selbst aber entlaufen.«

Der König verwundert sich sehr über diese Rede. Halb zweifelnd lässt er den bezeichneten Ochsen schlachten – und siehe da, in seinem Magen findet sich der Ring! Da auch niemand mehr des entlaufenen Sklaven habhaft werden kann, so scheinen die Aussagen des Wahrsagers glänzend bewahrheitet. Kresent wird der Gemahl der schönen Ingibjörg und erbt nachher das ganze Königreich.

Die hilfreichen Tiere

Ein Bauernpaar hatte einen Sohn namens Þorsteinn, der den Eltern das Vieh hütete. Als die Bäuerin starb, verheiratete der Bauer sich wieder, doch die Stiefmutter war immer gut gegen den Knaben. Þorsteinn hütete gewöhnlich sein Vieh in der Nähe eines Hügels, von dem die Sage ging, dass er bewohnt sei.

Eines Tages steht hier eine blaugekleidete Frau, die ihn auffordert, mit ihr Schach zu spielen. Þorsteinn erfüllt ihre Bitte, gewinnt aber in einem fort, sodass die Frau darüber sehr böse wird. Am andern Tage will der Knabe lieber anderswo sein Vieh hüten, doch ehe er sich's versieht, ist er wieder vor dem Hügel. Hier wartet schon die Frau in einem grünen Kleide auf ihn, und wieder spielt er den ganzen Tag mit ihr, immer gewinnend. Am dritten Tage will er ganz gewiss den Hügel vermeiden. Aber wie durch einen unwiderstehlichen Zauber wird er dorthin gezogen. Die Frau, in Rot gekleidet, fordert ihn zum Spiele auf. Wie er bis zum Abend wiederum jedes Spiel gewinnt, wird sie so wütend, dass sie folgenden Fluch über ihn ausspricht: Er solle im Vaterhause keine Ruhe mehr finden, sondern sich gleich auf den Weg machen, um in einen Wald zu kommen. Dort würden zwölf Vögel versuchen, ihn zu töten. Wenn er diesen entkäme, würden zwölf Hunde sich auf ihn stürzen, und wenn er auch ihnen entwische, so würden zwölf Rinder ihm wohl den Garaus machen. Sollte er aber trotzdem allen diesen Gefahren entrinnen, so müsse er zu ihren zwölf Schwestern gehen. Diese würden dann schon für seinen Tod sorgen. Wie Þorsteinn die Verwünschung hört, spricht er auch seinerseits einen Fluch aus: Die Unholdin solle mit dem einen Fuße in der Höhle, mit dem anderen draußen auf dem Felsen stehen. Ein Scheiterhaufen solle unter ihr angezündet werden, sodass sie halb verbrenne, halb erfriere. Wenn er in der Gefahr umkäme oder von dem Zauber sich befreie, dann solle sie ganz in den Scheiterhaufen fallen und zu kalter Kohle verbrennen. Nun ist die Unholdin erschrocken und will gern ihren Fluch zurücknehmen, wenn auch Þorsteinn seinen Zauberspruch aufheben will. Aber der Knabe will nichts davon wissen. Er geht sogleich nach Hause, um seine sehr kluge Stiefmutter um Rat zu fragen. Diese stattet ihn mit Proviant und neuen Schuhen gut aus und gibt ihm für die Vögel Körner, für die Hunde Fleischstücke und für die Rinder Hafer mit. Vielleicht könne das ihm nutzen. Wie die Vögel sich auf ihn stürzen wollen, wirft er ihnen die Körner hin und entflieht mittlerweile. Die Vögel picken die Körner auf und rufen ihm nach, er solle sie herbeiwünschen, wenn er ihrer bedürfe. Auch die Hunde fressen die Fleischstücke und die Rinder den Hafer, und alle bieten dankbar dem Davoneilenden für den Fall der Not ihre Dienste an.

Wie er gegen Abend in die Höhle der Schwestern kommt, versteckt er sich hier so gut, dass die Trollweiber nichts von ihm merken. Am anderen Morgen gehen sie alle wieder fort, und diese Gelegenheit benutzt Þorsteinn, um die Höhle gründlich zu durchsuchen. In einer Nebenhöhle findet er ein Mädchen an den Haaren festgebunden. Dieses erzählt, es sei eine Königstochter und sei von den Trollweibern gestohlen worden, um einen aus ihrer ungeschlachten Verwandtschaft zu heiraten. Da sie das nicht wolle, so würde sie so grausam gefangen gehalten. Þorsteinn lässt sie den Tag hindurch frei und bindet sie erst gegen Abend wieder fest. Dann versteckt er sich aufs Neue. Wie die Trollweiber am Abend zurückkehren, sagt eine: »Der Bote bleibt lange aus, den unsere Schwester uns versprochen hat.« Eine andere schnüffelt und meint: »Es ist ein Mensch hier in der Höhle.« Nun tritt Þorsteinn hervor und gibt sich zu erkennen. Die Trollweiber sagen ihm schadenfroh, dass am anderen Tage eine tüchtige Arbeit seiner warte, und wenn er sie nicht lösen könne, müsse er sterben. Am folgenden Morgen, ehe sie in den Wald gehen, tragen sie ihm auf, alles Korn herauszunehmen, zu lüften und nachher wieder hereinzubringen, sodass auch nicht ein Körnlein fehle. Sowie Þorsteinn alles draußen hat, erhebt sich ein scharfer Wind, sodass das Korn nach allen Seiten zerstreut wird. Schnell ruft der Knabe jetzt seine Vögel zu Hilfe. Diese kommen sofort, picken das Korn wieder zusammen, und Þorsteinn trägt es zur Höhle. Als am Abend die Trollweiber heimkehren, fehlt auch nicht ein Körnlein: »Du bist beim Spiele nicht allein gewesen, Bursche.« Þorsteinn antwortet: »Ich allein war dabei und kein anderer.« Am folgenden Tage soll der Knabe alle Federn aus den Betten herausnehmen und zum Lüften vor die Höhle tragen. Wie der Wind auch jetzt wieder alles zerstreut, kommen die Hunde herbei und helfen ihm. Am Abend stellen die Trollweiber dieselbe Frage, und Þorsteinn antwortet auf die gleiche Weise. Am dritten Tage soll er den größten Ochsen der Trollweiber schlachten und kochen, die Haut gerben und aus den Hörnern Löffel schnitzen. Bis zum Abend müsse alles fertig sein. Auf Þorsteinns Wunsch kommen nun die Rinder zur Hilfe herbei. Sie bringen den Ochsen gleich mit, schlachten ihn und bereiten alles so zu, wie es dem Knaben aufgetragen war. Am Abend ist dann auch die dritte Aufgabe richtig gelöst, und die Trollweiber haben keine Macht mehr über Þorsteinn. Sie gehen dann auch am folgenden Tage in den Wald, ohne sich weiter um den Knaben zu kümmern. Der hört, wie an der Türe ein Trollweib ein anderes fragt, ob der Bursche auch nicht an den Schlüssel zu der großen Kiste könne. Doch die Schwester erklärt, dass das unmöglich sei, und so gehen sie fort. Nun löst Þorsteinn wie gewöhnlich die Königstochter. Beide durchsuchen jetzt aufs Gründlichste die Höhle und finden einen Teil davon mit Eisenstangen abgesperrt. Sie kommen hier in einen Raum, in dem viele Kisten stehen und darunter eine von besonderer Größe. Oben hoch an der Höhlendecke sehen sie Schlüssel hängen. Sie türmen viele Kisten aufeinander, aber noch immer können sie nicht zu den Schlüsseln gelangen. Endlich klettert die Königstochter noch auf Þorsteinns Schultern, der schon auf der obersten Kiste steht, und nun vermag sie die Schlüssel zu ergreifen. Mit großer Anstrengung schließen sie die gewaltige Kiste auf. Drinnen finden sie ein großes Tuch, das dreizehn Eier umwickelt, von denen eins gelb und halb verwest aussieht. Þorsteinn steckt die Eier zu sich und untersucht das Tuch genauer. Dieses ist mit Flügeln versehen und vergilbte Buchstaben stehen darauf. Wie er anfängt, sie zu lesen, hebt der Mantel sich in die Höhe, sodass er daraus erkennt, dass dies ein Flugmantel ist. Am Abend gehen die Trollweiber nach ihrer Gewohnheit eine nach der anderen in die Höhle hinein. Einer jeden von ihnen wirft nun Þorsteinn ein Lebensei zwischen die Augen, sodass sie alle tot niederstürzen. Die Leichen verbrennt er, sammelt alle Schätze, die er in der Höhle finden kann, legt sie auf den Mantel und setzt sich schließlich selbst mit dem Mädchen darauf. Dann wünscht er sich zu den Eltern der Königstochter. Mit Windeseile fliegen sie durch die Luft dorthin. Vom Königspaar werden sie aufs Freudigste begrüßt, Þorsteinn wird in allen ritterlichen Künsten unterrichtet, und später heiratet er die Königstochter.

Rauðiboli

Ein König, dessen Frau gestorben ist, verheiratet sich wieder. Seine zweite Gattin ist von seinen Ministern einst auf einer Insel in einem Zelt Harfe spielend gefunden worden. Der Sohn des Königs heißt Ásmundur. Einst wird die Stiefmutter krank und erklärt, nur das Blut von einem roten Stier, Rauðiboli genannt, der draußen im Walde lebe, könne sie heilen, und Ásmundur allein könne dies Werk vollbringen. Wie er in den Wald kommt, schlägt der Stier ihm Blutsbrüderschaft vor. Um die Königin zu täuschen, lässt er sich von Ásmundur etwas Blut abzapfen. Die Stiefmutter ist jedoch damit nicht zufrieden. Ásmundur soll jetzt den Stier fangen, damit sie selbst zusehen kann, wie er geschlachtet wird. Der Stier ist damit einverstanden und lässt sich vom Prinzen zum Königshof führen. Wie man ihn schlachten will, reißt er sich los und bearbeitet die Königin so lange mit seinen Hörnern, bis sie tot am Boden liegt. Nun zeigt sie sich auch in ihrer wahren Gestalt als furchtbare Unholdin.

Rauðiboli läuft mit Ásmundur in den Wald hinein. Er bringt ihn drei Abende hintereinander jedes Mal zu einem kleinen Haus. In einem jeden dieser Häuser findet er eine Rüstung, die er auf den Rat des Stieres anlegt. In der ersten Rüstung wächst ihm seine Kraft um Mannesstärke, in der zweiten um die Stärke zweier Männer, in der dritten um die Stärke dreier Männer. Rauðiboli warnt seinen Blutsbruder, irgendwelche Blumen abzupflücken, die in den Gärtchen vor den Häusern wachsen. Zweimal widersteht auch Ásmundur dem Verlangen, das dritte Mal wird aber der Wunsch zu heftig, sodass er heimlich eine Blume zu sich steckt.

Wie Rauðiboli dem Prinzen erzählt, wollen drei Trolle sich dreier Königstöchter bemächtigen. Der Vater derselben, der sich im Walde durch Nebel verirrte, hat den Unholden versprechen müssen, ihnen seine Töchter zu überliefern. Zwei der Trolle kann Ásmundur überwinden, beim dritten mangelt ihm jedoch die Kraft, da er wider das Verbot die Blume gepflückt hat. Er ruft in der Verzweiflung Rauðiboli zur Hilfe. Sowie der Troll den Namen hört, lässt er den Prinzen los und entflieht mit der Jungfrau in den Wald.

Rauðiboli schwimmt nun mit Ásmundur zu einer Insel. Hier trifft er die Königstochter Helga wieder und verabredet mit ihr, dass sie sich am Abend den Werbungen des Trolls gegenüber geneigter stellen und ihm in Aussicht auf die Hochzeit das Geheimnis ablocken soll, wie er zu töten sei. Sowie sie auf diese Weise erfahren, dass das Leben des Trolls in einem schwarzen Stier der Unterwelt verborgen ist, ruft am anderen Morgen Rauðiboli durch sein Brüllen den Stier ans Tageslicht und tötet ihn. Ásmundur schneidet diesem das Herz aus und nimmt aus ihm das Ei, das er gegen das Haus des Trolls wirft und dadurch dessen Tod herbeiführt. Da kehren alle zum Vater Helgas zurück, und Ásmundur heiratet die Königstochter. In der Hochzeitsnacht schläft Rauðiboli mit zwei Hündinnen zu Füssen des jungen Paares, und am folgenden Morgen liegt an Stelle der Tiere ein Königssohn mit seinen beiden Schwestern.

Ásmundur Südfahrer

Ásmundur hieß ein Mann. Der stammte aus dem Skagafjörður. Er war flink und tüchtig und zur Zeit dieser Geschichte etwa zwanzig Jahre alt. Da er im Winter immer zum Fischfang mit seinen Genossen nach der Südküste fuhr, war er der Südfahrer genannt. Als sie wieder eines Winters südwärts fuhren und zur Nacht auf Melar im Hrútafjörður waren, wurde Ásmundur schwer krank. Seine Gefährten warteten den Tag über auf ihn, aber er hieß sie ihres Weges fahren, denn er würde schon nachkommen. Da fuhren sie weiter, aber Ásmundur blieb zurück. Tags darauf war er wirklich wieder gesund und machte sich allein auf den Weg. Das Wetter war gut, aber als er südwärts mitten auf die Heide gelangte, kam ein großer Schneesturm und Ásmundur sah nicht mehr, wohin er fuhr. Er verirrte sich, und sowie er das merkte, lud er seine Pferde ab, grub sich in einen Schneehaufen ein und baute mit den Gepäckstücken die Tür dieser Schneehütte aus. Die Pferde koppelte er zusammen, kroch selbst in sein Schneehaus und machte ein Fenster auf der windstillen Seite, sodass er nach dem Wetter ausschauen konnte. Dann nahm er seinen Proviant und hielt Mahlzeit. Aber da kam ein braunroter Hund an das Eingangsloch und wühlte sich hinein. Der Köter sah bissig und grimmig aus, und mit jedem Bissen, den Ásmundur aß, wurde er wütender. Ásmundur kümmerte sich um den Hund weiter nicht, aber er gab ihm einen großen Schafsschenkelknochen. Mit dem lief der Köter hinaus. Kurz danach trat ein großer ältlicher Mann an die Tür, grüßte Ásmundur und dankte ihm für sein Hündchen. »Bist du nicht Ásmundur Südfahrer?«, fragte er. »So nennt man mich«, sagte Ásmundur. »So lass ich dir zwischen zwei Dingen die Wahl«, sagte der Ankömmling, »entweder mir zu folgen, oder der Schneesturm hört nicht eher auf, als bis du tot bist. Denn du musst wissen, diesen Schneesturm habe ich gemacht und ebenso deine Krankheit. Denn ich wollte dich treffen, weil ich keinen tapfereren Mann im Bezirk kenne!« Ásmundur sah ein, ihm bliebe gar keine Wahl, und er meinte, er wolle ihn lieber begleiten als in der Schneewehe sterben. »So komm denn!«, sagte der Mann. Ásmundur brach auf, und das Wetter wurde gut. Der Mann ging voraus, und Ásmundur führte die Pferde. Wohin es ging, wusste er nicht, so sehr war er in der Irre. Nach längerer Zeit kamen sie in ein kleines Tal. Ein Wasser lief in der Mitte, und Ásmundur wunderte sich darüber, dass die Erde auf der einen Seite rot, auf der andern ganz weiß von Schnee war. Auch war ein Gehöft auf jeder Seite. Sie gingen zu dem Haus auf der schneeigen Seite. Der Mann zog die Pferde in den Stall und gab ihnen Futter, dann führte er Ásmundur in die Badestube. Ein altes Weib und ein junges hübsches Mädchen waren darin, sonst sah er keinen Menschen dort. Er grüßte sie, und die Alte wies ihm seinen Sitzplatz an. Aber alsbald gingen der Mann und das Mädchen hinaus, und Ásmundur blieb allein mit der Alten. Die Alte brummelte immerfort vor sich hin: »S'ist ein Unglück, wenn man keinen Tabak hat!« Da nahm Ásmundur ein Stück Tabak aus seiner Tasche und warf es ihr hin. Sie fing es auf und war froh. Dann kamen der Mann und das Mädchen wieder herein und sie brachten ihm Essen. Ásmundur aß, und der Mann unterhielt sich fortwährend mit ihm und war ganz vergnügt. Als aber Ásmundur gegessen hatte, gingen der Mann und das Mädchen wieder hinaus. Ásmundur glaubte, sie würden zusammen ausmachen, wie sie ihn umbringen könnten. Dann kam der Mann wieder zurück und hieß Ásmundur schlafen gehen. Er war dazu bereit, der Alte führte ihn in die Kammer, darin ein Bett bereit war, bot ihm gute Nacht und ging, und das Mädchen zog ihm die nassen Kleider ab und wollte auch seine Strümpfe und Schuhe mit wegnehmen, aber Ásmundur bat sie, das nicht zu tun, denn das kam ihm verdächtig vor. Aber das Mädchen beruhigte ihn, küsste ihn und sagte ihm gute Nacht.

Dem Ásmundur kam seine Aufnahme in dem Ächterhaus seltsam vor, aber der Kuss hatte ihm behagt. Dann schlief er schnell ein und erwachte erst wieder, als es Tag war und der Mann neben ihm stand. Der bot ihm guten Morgen und sagte, er wolle ihn jetzt um das bitten, weswegen er ihn geholt habe. »Die Sache ist die«, sagte er, »vor zwanzig Jahren habe auch ich im Bezirk gewohnt. Dann bekam meine Schwester ein Kind von mir, da musste ich fliehen und kam hierher. Die Alte von gestern Abend ist meine Schwester, aber das Mädchen, das dich bedient hat, ist unser Kind. Als ich hierherkam, waren schon Geächtete hier, drüben in dem andern Gehöft, zwei Mann, und die wohnen noch heute darin. Sie waren immer meine Feinde gewesen, doch habe ich mich immer vor ihnen erwehren können bis jetzt. Aber nun geht es nicht länger, denn jetzt sind sie mächtiger als ich und lassen allen Schnee, der im Tale fällt, auf meine Seite fallen. Ich hatte immer meine Schafe auf ihrer Seite weiden lassen, aber jetzt bin ich dazu nicht mehr Manns genug. Ich möchte dich nun bitten, gleich heute mit meinen Schafen über den Bach zu ziehen und sie drüben zu hüten. Ich weiß, du bist tapfer, aber dessen ist's auch Not, denn sie werden beide kommen, meine Feinde, und glauben, ich sei selber beim Vieh. Du kannst auch meinen braunroten Hund mitnehmen, der wird dir nützlich sein!« Ásmundur stand auf, zog mit den Schafen ab, und der Mann gibt ihm seinen Kapuzenmantel mit, zeigt ihm, wie sich darin einzuhüllen, und seine Art, sich zu wehren. Sogleich wie er drüben ist, kommen ihm die beiden Männer entgegengelaufen und rufen: »Jetzt muss er sterben!«, denn sie glaubten, es sei der Alte. Als sie dicht bei ihm sind, sagen sie freilich: »Es ist ein anderer, als wir dachten.« Aber sie sprangen doch auf ihn ein und griffen ihn an. Ásmundur hetzte den Braunen auf den einen und nahm selbst den anderen an. Der Hund zerriss seinem Gegner den Bauch und lief dann gegen den andern. Der unterliegt ihnen beiden. Bis zum Abend blieb Ásmundur bei den Schafen, dann trieb er sie heim und traf den Mann. Der kam ihm entgegen, dankte ihm herzlich und sagte, er habe alles mit angesehen. Tags darauf gingen sie beide zum Gehöft der Geächteten. Es war ein schönes, geräumiges Hauswesen, viel Gut fanden sie darin, aber keinen Menschen. Sie untersuchten den ganzen Hof, bis sie vor eine Tür gelangten, die sie nicht öffnen konnten. Ásmundur trat sie ein, da kamen sie in ein kleines Nebenhaus und dort fanden sie eine Frauensperson, hübsch und anmutig. Mit den Haaren war sie an einen Balken gebunden, ganz bleich und mager geworden. Ásmundur band sie los und fragte sie, wer sie wäre. Sie sagte, sie sei eine Bauerntochter aus dem Eyjafjörður, von den Geächteten geraubt, und die hätten sie zwingen wollen, einen von ihnen zu heiraten. Da sie das nicht gewollt hätte, hätten sie sie hier festgebunden und gemeint, so würde sie schon gefügig werden. Nun erzählte ihr Ásmundur alles und sagte, sie sei jetzt bei guten Leuten. Da wurde sie froh und fühlte sich gerettet aus aller Gefahr.

Sie brachten alles aus der Hütte der Männer hinüber nach diesem Hof und blieben hier den Winter über. Alles behagte dem Ásmundur, der Mann und die Mädchen, besonders des Mannes Tochter. Sie lernte verschiedene Kunstfertigkeiten von dem Mädchen aus dem Eyjafjörður. Im Frühjahr sagte der Mann zu Ásmundur, er könne nun heimkehren. Im Herbst aber solle er wiederkommen, denn dann werde er gestorben sein. Er bitte ihn, dann seine Tochter und seine Schwester, wenn sie noch lebe, sowie das Eyjafjörðurmädchen zu sich zu nehmen und ebenso alles, was er hier Kostbares finde. Dann fuhr Ásmundur fort, nordwärts zum Skagafjörður.

Die Leute glaubten, er sei von den Toten zurückgekehrt, aber er sagte keinem, wo er den Winter über gewesen war. Im Herbst zog er wieder fort und kam zu den Mädchen ins Tal. Die empfingen ihn froh, aber die beiden Alten waren inzwischen gestorben und in einem Hügel dort am Abhang begraben worden. Den Winter über blieb er bei ihnen, aber im Frühjahr machte er sich auf und fuhr mit der ganzen beweglichen Habe nordwärts in den Skagafjörður. Dort siedelte er sich an und heiratete die Tochter des Alten, aber das Eyjafjörðurmädchen gab er einem anderen Mann aus dem Bezirk. Damit schließt die Geschichte von Ásmundur Südfahrer.

Lineik und Laufey

In alter Zeit regierte ein König mit seiner Königin über ein großes, gewaltiges Reich. Wie sie hießen, wird nicht erwähnt. Sie hatten zwei Kinder, einen Sohn und eine Tochter, die zur Zeit dieser Erzählung beide schon erwachsen waren. Der Sohn hieß Sigurður und die Tochter Lineik. Sie waren beide durch Geist und körperliche Geschicklichkeit ausgezeichnet, sodass man kaum ihresgleichen finden konnte, soweit man auch danach suchen mochte. Sie liebten einander so innig, dass das eine nicht ohne das andere sein konnte, und darum ließ der König ihnen ein großes und prächtiges Haus erbauen und gab ihnen so viele Diener und Dienerinnen, als sie nötig hatten.

So verging die Zeit, ohne dass sich etwas Besonderes zutrug, bis die Königin einmal schwer krank wurde. Da ließ dieselbe den König zu sich rufen und sagte zu ihm, sie glaube, dass sie an dieser Krankheit sterben werde.

»Um zwei Dinge«, sagte die Königin, »will ich dich bitten, bevor ich sterbe, und ich hoffe, dass du diese beherzigen wirst: Erstens, dass du dir, falls du dich wieder verheiraten willst, deine Gemahlin nicht an kleinen Orten oder auf abgelegenen Inseln suchest, sondern in großen Städten oder volkreichen Ländern, es wird dir dies Glück bringen. Zweitens, dass du dein ganzes Sinnen darauflegest, auf unsere Kinder achtzuhaben. Sie werden dir, denke ich, von allen Menschen am meisten Freude bereiten auf dieser Welt.«

Nachdem die Königin dies gesprochen hatte, starb sie. Dem König ging ihr Tod so sehr zu Herzen, dass er alle seine Regierungsgeschäfte vernachlässigte. Nach Verlauf einiger Zeit trat eines Tages der erste Minister vor den König und erklärte ihm, dass es dem Lande von Schaden sei, wenn er sich noch länger nicht um die Regierung bekümmere und fortwährend um die Königin trauere, und: »Es ist königlicher«, sagte der Minister, »sich aufzuraffen und seinen Kummer zu unterdrücken. Seht Euch um eine andere Partie um, die Eurer würdig ist.«

»Das ist eine schwierige Sache«, antwortete der König. »Da aber du es bist, der mir diesen Rat gibt, so ist es am besten, dass auch du die Ehre und Mühe auf dich nimmst. Ich überlasse es daher dir, mir ein Weib zu suchen, das meiner würdig ist. Nur die eine Bedingung stelle ich, dass du sie nicht von kleinen Ortschaften oder abgelegenen Inseln holest.«

Hierauf wurde alles für die Reise vorbereitet. Der König gab seinem Minister die beste Ausrüstung und ein prächtiges Reisegefolge mit und dieser segelte nun alsbald mit seiner Begleitung ab.

Als sie eine Strecke weit den beabsichtigten Kurs eingehalten hatten, erhob sich ein so dichter Nebel, dass sie nicht mehr wussten, wo sie waren. Einen ganzen Monat lang irrten sie so auf dem Meere umher, bis sie endlich ein Land vor sich liegen sahen, das sie nicht kannten. Sie fanden hier einen guten Hafen, verließen das Schiff und schlugen Zelte auf. Da aber kein Mensch zu sehen war, glaubten sie, dass es eine öde Insel sei.

Während die Leute sich ausruhten, begab sich der Minister allein landeinwärts. Er war nicht weit gegangen, als er ein so schönes Saitenspiel vernahm, wie er ein solches früher nie gehört hatte. Er ging dem Laut nach, bis er zu einem offenen Platze im Wald kam. Hier sah er auf einem Stuhl ein Weib sitzen, so reizend und vornehm, dass er glaubte, früher niemals eine solche Schönheit gesehen zu haben. Sie spielte so schön auf einer Harfe, dass es eine Wonne war, ihr zuzuhören. Zu ihren Füßen aber saß ein liebliches junges Mädchen, das zu dem Spiele sang. Der Minister grüßte das Weib sehr höflich und dieses erhob sich und erwiderte den Gruß mit großer Freundlichkeit. Sie fragte den Minister um das Ziel und den Zweck seiner Reise und dieser erzählte ihr hierauf alles, was sich zugetragen hatte.

»Auch mir ist es so ergangen wie Eurem König«, sagte das Weib. »Ich war verheiratet mit einem angesehenen König, der über dieses Land herrschte. Aber Wikinger kamen und erschlugen ihn und unterwarfen sich das Land. Ich aber entfloh heimlich mit diesem Mädchen, das meine Tochter ist.«

Als das Mädchen diese Worte hörte, sagte es:

»Sprichst du jetzt die Wahrheit?«

Da gab das Weib dem Mädchen einen Schlag ins Gesicht und sagte:

»Vergiss nicht, was du versprochen hast.«

Der Minister fragte das Weib, wie es heiße. Sie heiße Blauvör, erhielt er zur Antwort. Ihre Tochter aber, sagte sie, heiße Laufey.

Der Minister sprach nun eine Zeit lang mit dem Weibe und er merkte bald, dass dasselbe sehr verständig und gebildet sei. Da dachte er bei sich selbst, dass er wohl kaum öfter eine so gute Gelegenheit finden würde, seinem König eine Gemahlin zu verschaffen, als jetzt und hielt deshalb im Namen des Königs um Blauvörs Hand an. Seine Werbung wurde auch ohne Weiteres angenommen und Blauvör sagte, dass sie sogleich bereit sei, mit ihm zu reisen. »Denn ich habe alle meine Kostbarkeiten bei mir«, sagte sie, »und ich brauche kein anderes Gefolge mit auf der Reise als Laufey, meine Tochter.«

Blauvör und Laufey begaben sich alsbald mit dem Minister nach dem Strand. Die Zelte wurden abgebrochen, man bestieg die Schiffe, spannte die Segel auf und fuhr von dannen.

Nun war der Nebel verschwunden, und es zeigte sich, dass das Land nur eine öde, mit vielen Klippen umgebene Schäre war, aber niemand achtete weiter darauf. Sie bekamen guten, starken Fahrwind, und als sie sechs Tage lang gesegelt waren, sahen sie Land vor sich und konnten auch bald die Hauptstadt ihres Königs erkennen. Sie warfen sogleich die Anker aus und gingen an Land.

Der Minister sandte einen Boten in die Stadt, um dem König seine Ankunft zu melden. Dieser war darüber sehr erfreut, zog seine besten Staatskleider an und begab sich mit einem prächtigen Gefolge nach dem Strand, um seine Braut zu empfangen.

Auf dem halben Wege zu den Schiffen kam ihm schon der Minister entgegen, der an jeder Hand ein Weib führte – beide schön gekleidet und auf das Prächtigste geschmückt. Als der König diese Pracht und diesen Glanz sah, war er ganz außer sich vor Freude, und als er erfuhr, dass die Ältere seine Braut sei, dünkte er sich in den Himmel versetzt, denn diese war die Schönere.

Er begrüßte den Minister wie Mutter und Tochter auf das Freundlichste und vergaß in seiner Freude ganz zu fragen, aus welchem Land die Braut sei. Er führte die beiden Weiber in die Stadt und ließ prächtige Wohnräume für sie herstellen. Hierauf wurde ein großartiges Hochzeitsfest veranstaltet, zu dem die vornehmsten Männer des Reiches Einladungen erhielten. Ob aber auch die beiden Kinder des Königs, Sigurður und Lineik, eingeladen wurden, davon wird nichts berichtet. Sie hatten auch Blauvör noch gar nicht kennengelernt, denn der König hatte ganz vergessen, sie einander vorzustellen. Er dachte an nichts anderes, als bei seiner zukünftigen Königin zu sitzen und mit ihr zu plaudern.

Die Hochzeit wurde in Lust und Herrlichkeit gefeiert und als das Fest vorüber war, wurden alle reichlich beschenkt in ihre Heimat entlassen. Der König aber oblag nun mit aller Muße den Regierungsgeschäften in seinem Reich.

So verging einige Zeit, ohne dass sich etwas Bemerkenswertes ereignete. Die Königin half dem König bei seinen Regierungsgeschäften. Doch dauerte es nicht lange, so wollten die Leute wissen, dass es dabei nicht ganz richtig zugehe. Die Königin wollte ihren Willen haben und sich in alle Angelegenheiten mischen, und der König sah nun bald ein, dass er mit dieser Heirat keine so gute Partie gemacht habe, als er anfangs glaubte. Um die beiden Geschwister Sigurður und Lineik kümmerte sich die Königin gar nicht. Sie kamen auch nie zu ihr, sondern blieben lieber Tag und Nacht in ihrem eigenen Haus.

Nicht lange nachdem die Königin mit ihrem Gemahl sich die Regierung des Reiches geteilt hatte, fiel es auf, dass von den Hofleuten einer nach dem andern verschwand, ohne dass jemand begreifen konnte, was aus denselben geworden sei. Der König machte sich jedoch keine Gedanken darüber, sondern nahm sich an Stelle der verschwundenen Hofleute neue auf, und so blieb es einige Zeit hindurch.

Eines Tages aber sagte die Königin zum König, dass es nun wohl an der Zeit sei, im Reich herumzureisen und die Schatzung zu erheben. »Ich werde schon für die Regierung Sorge tragen, während du fort bist«, sagte sie.

Der König hatte keine große Lust zu dieser Reise, da er aber fast gar keinen eigenen Willen besaß, musste er seiner Königin gehorchen. Sie war es, die das Kommando führte, und ging nicht alles nach ihrem Kopfe, so war sie unausstehlich.

Der König rüstete also einige Schiffe für seine Reise aus, war aber sehr traurig. Als alles für die Abreise vorbereitet war, begab er sich in das Haus seiner Kinder. Da gab es gar freudige Begrüßung zwischen Vater und Kindern. Nach einer Weile aber seufzte der König und sagte:

»Wenn ich von dieser Reise nicht mehr zurückkehren sollte, so fürchte ich, dass ihr hier nicht länger sicher sein werdet. Ich rate euch daher, heimlich zu entfliehen, sobald ihr die Hoffnung auf meine Rückkehr verloren habt. Geht in der Richtung gegen Osten. Ihr werdet dann bald zu einem hohen und steilen Berg kommen. Wenn ihr über diesen gestiegen seid, werdet ihr auf eine lange Bucht stoßen. Am Ende dieser Bucht stehen zwei Bäume. Der eine von ihnen ist grün, der andere rot. Sie sind im Innern hohl und so eingerichtet, dass man sie verschließen kann, ohne dass es von außen bemerkbar ist. Geht jedes in einen dieser Bäume hinein, dann kann euch nichts geschehen.«

Der König nahm hierauf Abschied von seinen Kindern und ging mit schwerem Sinne fort. Er bestieg sein Schiff, ließ die Segel aufspannen und fuhr fort. Nachdem er eine kurze Strecke weit gesegelt war, entstand ein solches Unwetter, dass alle den Mut verloren. Zugleich mit dem Sturme rasten Blitz und Donner so fürchterlich, dass niemand sich erinnerte, je solche Schrecken erlebt zu haben. Es braucht nicht erst erzählt zu werden, dass sämtliche Schiffe zu Grunde gingen und der König mit allen seinen Leuten umkam.

In derselben Nacht, in welcher der König umkam, träumte Prinz Sigurður, dass sein Vater in triefend nassen Kleidern ins

Haus kam, die Krone vom Haupte nahm und sie zu seinen Füßen niederlegte, worauf er wieder schweigend das Haus verließ.

Er erzählte Lineik seinen Traum und sie ahnten sogleich, was das zu bedeuten habe. Sie machten sich zur Reise bereit, rafften ihre Kleinode und Kleider zusammen und verließen heimlich und ohne Begleiter die Stadt, wie ihr Vater ihnen geraten hatte.

Als sie bei dem Berg angelangt waren, blickten sie zurück. Da sahen sie, wie die Stiefmutter ihnen folgte. Diese hatte ein so schreckliches Aussehen, dass es ihnen schien, als gleiche sie eher einem Troll als einem Menschenweibe. Am unteren Abhang des Berges lag ein großer Wald, den sie bereits durchschritten hatten. Sie kamen daher auf den Gedanken, diesen in Brand zu stecken. Bald stand er auch in hellen Flammen, sodass Blauvör nicht vorwärtskommen konnte.

Mit großer Beschwerde kamen sie endlich über den Berg und fanden die Bucht mit den Bäumen, von denen ihr Vater gesprochen hatte. Sie krochen jedes in einen der beiden Bäume und es traf sich so gut, dass sie zueinander hinübersehen und sich die Zeit mit Plaudern vertreiben konnten.

Nun wendet sich die Geschichte anderen Begebenheiten zu.

Zu dieser Zeit regierte in Griechenland ein mächtiger und berühmter König, dessen Name nicht mehr bekannt ist. Er hatte mit seiner Königin zwei Kinder, einen Sohn und eine Tochter, deren Namen ebenfalls nicht überliefert sind. Diese beiden Kinder waren so reich mit körperlichen und geistigen Vorzügen begabt, dass sich zu jener Zeit nur wenige fanden, die man mit ihnen hätte vergleichen können.

Als der Königssohn in die männlichen Jahre gekommen war, unternahm er Kriegszüge, um sich Ruhm und Vermögen zu erwerben. Er brachte auf diese Art mehrere Sommer in der Fremde zu. Während des Winters aber blieb er daheim in Griechenland.

Auf seinen Kriegszügen hatte er oft erzählen hören, wie sich Prinzessin Lineik durch ihre Schönheit und ihre sonstigen Eigenschaften vor allen übrigen Frauen auszeichne. Er beschloss deshalb, sie aufzusuchen und um ihre Hand anzuhalten.

Als er sich dem Land näherte, wusste die zauberkundige Blauvör bereits von seinem Kommen und seiner Absicht. Sie und ihre Tochter legten daher ihre prächtigsten Kleider an und gingen hinab zum Strand, um den Prinzen zu empfangen.

Dieser begrüßte sie höflich und fragte sie, was sich im Lande Merkwürdiges zugetragen habe.

Da erzählte ihm die Königin weinend und jammernd, dass ihr Mann mit allen seinen Begleitern auf dem Meer umgekommen sei, als er fortsegelte, um in seinen Ländern die Schatzung zu erheben. Sie könne sich von dem Kummer über diesen Verlust nicht erholen.

Aber nun fragte der Prinz, wo Lineik sei.

Ja, das sei das junge Mädchen, das sie da an der Hand führe, antwortete die Königin.

Der Prinz schien über diesen Bescheid nicht übermäßig erfreut zu sein. Er hätte sich dieselbe schöner vorgestellt, bemerkte er.

Man brauche sich nicht zu verwundern, wenn sie den Kopf hängen lasse und etwas bleiche Wangen habe, meinte die Königin. Sei sie doch von dem doppelten Kummer betroffen worden, Vater und Bruder auf einmal zu verlieren.

Darin habe die Königin Recht, fand der Prinz, und so trug er denn seine Werbung vor. Es kann sich wohl jeder leicht denken, dass er kein Nein erhielt. Er traf sogleich Vorbereitungen zur Abreise mit dem Mädchen, das er ja für Lineik hielt. Die Königin wollte ebenfalls mit ihnen fahren, aber der Prinz ließ dies auf keine Weise zu und so musste sie denn zurückbleiben.

Er war nicht weit aufs Meer hinausgekommen, als er in Nebel geriet und den Kurs verlor, und ehe er es selbst wusste, war er in eine lange Bucht hineingekommen. Er ließ sich in einem Boot an Land rudern. Am Ende der Bucht sah er zwei wunderschöne Bäume stehen, wie er solche in seinem Leben nie gesehen hatte. Er ließ sie umhauen und auf sein Schiff bringen. In demselben Augenblick zerstreute sich auch der Nebel. Die Segel wurden aufgespannt und nun ging's in lustiger Fahrt heim nach Griechenland.

Hier angelangt führte der Prinz seine Braut in die Stadt und ließ ihr alle geziemenden Ehren zuteilwerden. Er gab ihr sein eigenes Schlafzimmer zum Aufenthaltsort während des Tages. Die Nacht jedoch musste sie im Frauenhaus seiner Schwester zubringen. Die beiden schönen Bäume aber waren dem Prinzen so wert, dass er sie in sein Schlafzimmer bringen und darin aufstellen ließ, den einen am Kopfende, den anderen am Fußende seines Bettes.

Nun sollte alles für die Hochzeit vorbereitet werden. Der Prinz brachte Lineik, die ja in Wirklichkeit Laufey war, Stoff zu drei Kleidern für ihn, einen blauen, einen roten und einen grünen. Diese musste sie fertig genäht haben, bis die Hochzeit stattfinden konnte. Zuerst sollte sie das blaue Kleid in Angriff nehmen, sodann das rote und zuletzt das grüne. Dieses aber sollte auch das prächtigste von allen sein, »und ich will dasselbe an unserem Hochzeitstage tragen«, sagte der Prinz.

Laufey übernahm den Stoff, und der Prinz ging seiner Wege. Kaum war er aber fort, als Laufey in heftiges Weinen ausbrach. Denn Blauvör, diese Hexe, hatte sie nie eine Handarbeit gelehrt. Sie hatte ihrer Lebtage nie eine Nadel in der Hand gehabt und natürlich am allerwenigsten gelernt, mit so kostbaren Stoffen, wie diese waren, umzugehen. Sie konnte sich leicht denken, dass, wenn sie die Kleider nicht zustande bringen könne, der Prinz sie mit Spott und Schande zur Tür hinausjagen, ja vielleicht sogar totschlagen werde, und so war sie denn sehr betrübt und traurig.

In den Bäumen saßen, wie vorher schon erzählt, die beiden Geschwister Sigurður und Lineik. Sie konnten von hier aus alles sehen, was im Schlafzimmer des Prinzen vorging und hörten auch Laufeys Seufzen und Klagen. Davon wurde Prinz Sigurður so gerührt, dass er zu seiner Schwester sagte:

»Lineik, Schwester,
Laufey weinet,
hilf ihr nähen,
hab Erbarmen!«

Lineik antwortete:

»Hast du vergessen
den hohen Felsen,
den steilen Abhang
und unten das Feuer?«

Aber endlich ließ sie sich doch von Sigurður überreden. Sie kroch aus dem Baum, setzte sich zu Laufey und half ihr nähen. Das erste Kleid war bald fertig und Laufey zeigte sich nicht wenig erfreut darüber, wie gut ihnen dasselbe von der Hand gegangen war. Lineik ging wieder in ihren Baum hinein, Laufey aber brachte dem Prinzen das Kleid. Er besichtigte es und sagte:

»Ich habe noch niemals ein so hübsch verfertigtes Kleid gesehen, wie dieses ist. Nimm nun das rote in Angriff und lass es umso viel schöner werden, als auch der Stoff dazu kostbarer ist als zu jenem Kleide.«

Laufey kehrte in das Schlafzimmer zurück, setzte sich nieder und begann zu weinen. Da sprach Prinz Sigurður zu seiner Schwester wie das vorige Mal:

»Lineik, Schwester,
Laufey weinet,
hilf ihr nähen,
hab Erbarmen!«

Sie aber antwortete:

»Hast du vergessen
den hohen Felsen,
den steilen Abhang
und unten das Feuer?«

Da geschah es wieder wie vorher. Lineik verließ endlich doch den Baum, setzte sich hin und nähte. Sie wendete noch mehr Kunstfertigkeit an dieses Kleid als an das erste. Es war überall mit Goldsäumen und Edelsteinen eingefasst und als es fertig war, gab sie es Laufey, damit sie es dem Prinzen bringe. Sie selbst schlüpfte wieder in ihren Baum hinein. Als der Prinz das Kleid erhielt, betrachtete er es und sagte:

»Es ist zu gut gearbeitet, um anzunehmen, dass du allein dieses Kleid verfertigt habest. Ich hege den Verdacht, dass mehr Hände als diese damit beschäftigt gewesen sind. Geh nun hin und verfertige den dritten Anzug. Ich gebe dir drei Tage Zeit zu dieser Arbeit. Aber wie das Gold kostbarer ist als das Kupfer, so soll auch dieses Kleid die anderen an Schönheit und Kostbarkeit übertreffen, und ich will es an unserem Hochzeitstage tragen.«

Laufey ging in das Schlafzimmer zurück, setzte sich nieder und weinte. Da wurde Prinz Sigurður wieder so gerührt von ihrem Seufzen und Weinen, dass er abermals zu seiner Schwester sagte:

»Lineik, Schwester,
Laufey weinet,
hilf ihr nähen,
hab Erbarmen!«

Sie antworte wie früher:

»Hast du vergessen
den hohen Felsen,
den steilen Abhang
und unten das Feuer?«

Aber sie ließ sich doch zum dritten Male überreden, schlüpfte aus dem Baum und setzte sich zu Laufey, um mit ihr zu nähen. Sie wendete diesmal eine noch größere Sorgfalt und Kunstfertigkeit an, sodass man von dem Stoff selbst kaum etwas sehen konnte vor lauter Goldborten und teuren Steinen. Am dritten Tage aber, als Lineik und Laufey ahnungslos zusammenarbeiteten, trat plötzlich der Prinz in das Zimmer. Lineik erschrak auf das Heftigste und wollte eilig wieder in ihren Baum schlüpfen. Es gelang jedoch dem Prinzen, sie an einem Zipfel ihres Kleides festzuhalten. Er zwang sie, sich an seiner Seite niederzusetzen, und sagte:

»Ich habe längst Verdacht geschöpft, dass es hier nicht mit rechten Dingen zugehe. Sag mir nun, wie du heißt!«

Lineik nannte ihren Namen und erzählte, von welcher Herkunft sie sei. Da warf der Prinz Laufey einen zornigen Blick zu und sagte, sie habe für all ihre Betrügereien und Lügen den schmählichsten Tod verdient.

Das Mädchen fiel dem Prinzen zu Füßen und bat ihn um Schonung. »Ich habe dich mit nichts anderem betrogen als mit den Kleidern«, sagte sie »Lineik hat mir verboten zu sagen, wer sie verfertigt habe. Und du wirst dich wohl erinnern, dass ich selbst niemals behauptet habe, ich sei Prinzessin Lineik. Das war vielmehr meine Mutter – wie sie sich nennt –, die diesen Betrug an dir verübt hat.«

Als sie so im besten Gespräch waren, kam auch Prinz Sigurður aus dem Baum heraus. Da gab es große Freude bei diesem Zusammentreffen und der Prinz säumte nicht lange und freite aufs Neue um die richtige Lineik. Diese aber antwortete, dass sie ihm nicht eher ihre Hand reichen wolle, bevor nicht ihre Stiefmutter aus der Welt geschafft sei.

Da erzählte nun Laufey eine lange Geschichte, wie Blauvör das schlimmste Trollweib sei, und dass sie über die Insel herrsche, auf welcher der Minister sie angetroffen hatte. Dort habe sie in einer großen Höhle gewohnt mit noch viel anderem Trollvolk. »Ich selbst bin eine Königstochter aus einem der Insel benachbarten Reich. Blauvör raubte mich heimlich von dort und drohte mir, mich zu töten, wenn ich ihr nicht in allem Gehorsam leiste. Sie nannte mich Tochter, denn auf diese Weise wollte sie es wahrscheinlich machen, dass sie selbst von königlichem Geschlechte sei. Sie war es auch, die eures Vaters Tod verursacht hat, und sie hat alle Hofleute eures Vaters verschwinden machen, denn sie aß dieselben während der Nacht, wie dies ja alte Sitte der Trolle ist. Es ist ihre Absicht, nach und nach alle eure Landsleute zu vertilgen, um später das Land mit ihrem Trollgesindel zu bevölkern.«

Prinz Sigurður und der andere Prinz sammelten nun eiligst ein großes Heer und zogen mit diesem von dannen. Von ihrem

Zuge wird vorher nichts berichtet, als bis sie vor der Hauptstadt ankamen, wo Blauvör residierte. Niemand hatte ihre Ankunft bemerkt und es waren auch nur wenige Menschen in der Stadt, denn die meisten hatte Blauvör getötet und andere waren aus der Stadt entflohen, um dem bösen Trollweib zu entkommen. Es war daher keine Rede von einer Gegenwehr und Blauvör wurde gefangen genommen. Sie gebärdete sich zwar ganz toll, erhielt aber doch keine Gnade, sondern wurde mit großen Steinen totgeschlagen und danach auf einem Scheiterhaufen verbrannt.

Hierauf kehrten die beiden Prinzen wieder nach Griechenland zurück und es wurde hier Hochzeit gefeiert, zu der viele Anstalten getroffen und alle Großen des Reiches eingeladen wurden. Während des Festmahles freite Prinz Sigurður um die griechische Prinzessin und da diese sogleich einwilligte, wurde auch die Hochzeit dieser beiden zur selben Zeit gefeiert. Als das Fest vorüber war, begaben sich die Gäste, reichlich beschenkt, wieder nach Hause.

Prinz Sigurður wurde König in Griechenland, während Lineik mit ihrem Manne in die Heimat zurückkehrte, wo dieser hierauf König wurde. Da gab es große Freude im Lande, dass das Reich nun wieder unter das frühere Königsgeschlecht kam.

Laufey hatte Lineik begleitet und diese und ihr Gemahl verschafften ihr einen guten Mann, mit dem sie dann ihr väterliches Erbe antrat. Denn ihr Vater war aus Kummer um sie gestorben. Alle diese Könige regierten viele Jahre in ihren Reichen und lebten lange in Glück und Frieden, und nun ist die Geschichte zu Ende.

Von dem Burschen, der sich vor nichts fürchtet

Ein sehr tollkühner Bursche, der sich vor nichts fürchtet, wird schließlich von seinen Eltern zum Pfarrer gegeben, damit dieser ihm Furcht beibringe. Wie einmal im Winter gegen Abend drei Leichen zur Kirche gebracht worden waren, lässt der Pfarrer sie in den Gang zwischen den Stühlen auf den Boden niederlegen. Sobald es dann dunkel geworden ist, schickt der Pfarrer den Burschen in die Kirche, um ihm ein Buch vom Altare zu holen. Dieser stolpert auf dem Wege über die Leichen. Unerschrocken nimmt er sie auf und wirft sie alle drei zwischen die Stühle auf der einen Seite. Dann kehrt er mit dem Buch zum Pfarrer zurück. Wie der Pfarrer hört, dass der Bursche, statt sich zu fürchten, so kurz und bündig mit den Leichen umgegangen ist, schickt er ihn am anderen Tage aus seinem Hause fort.

Auf seiner Wanderung kommt nun der Bursche nach Skálholt, wo gerade der Bischof gestorben war. Gegen Abend verlassen hier alle Leute das Gehöft, denn es sei hier nachts seit dem Tode des Bischofs nicht mehr recht geheuer. Der furchtlose Bursche will jedoch von einem Fortgehen nichts wissen. Wie er es sich in der Küche am Feuer gerade bequem gemacht hat, wird oben im Küchenschornstein gefragt: »Darf ich fallen?« »Weshalb nicht«, meint der Bursche, und sogleich fällt aus dem Schornstein der obere Teil eines Mannes herab. Noch zweimal wiederholt sich dieselbe Frage, auf die der Bursche dieselbe Antwort erteilt, bis endlich alle Teile eines Menschen beisammen sind und diese sich nun zu einem riesigen Manne zusammensetzen. Ohne ein Wort zu reden, geht das Gespenst ins Vorderhaus an eine große Geldkiste. Es nimmt aus ihr eine Handvoll Münzen nach der anderen, wirft sie über seinen Kopf hinweg und lässt sie dann hinter sich auf den Boden fallen. Sowie die Kiste geleert ist, wirft es in gleicher Weise die Münzen wieder in sie hinein. Je näher der Tag kommt, desto eifriger ist das Gespenst bei seiner Arbeit. Wie endlich alles Geld wieder in der Kiste ist, will es eilig das Zimmer verlassen. Doch der Bursche verwehrt ihm den Ausgang. Nun ringen die beiden miteinander, bis endlich durch eine schnelle Bewegung des Burschen das Gespenst über die Schwelle des Zimmerbodens stürzt. In diesem Augenblick scheint das Tageslicht ihm in die Augen, und sofort versinkt es in zwei Hälften in den Boden hinein. Schnell verfertigt der Bursche zwei Kreuze, die er an den beiden Stellen, wo das Gespenst versunken war, in den Boden hineintreibt. Dann legt er sich zu Bett und schläft friedlich bis zum anderen Morgen.

Die Besitzer des Hofes und ihre Leute sind sehr erstaunt, ihn noch am Leben zu finden. Er sagt ihnen vorläufig noch nichts von seinem nächtlichen Erlebnis. Erst nach der folgenden Nacht, die er, von keinem Spuk behelligt, wiederum allein auf dem Hofe zubringt, erzählt er ihnen von seinem Kampf mit dem Gespenst, zeigt ihnen die Kreuze im Boden und führt sie auch zu der großen Geldkiste. Ihr Dankgefühl gegen ihn ist außerordentlich groß, und wenn er für alle Zukunft hätte ein bequemes Leben führen wollen, so hätte er nur dortbleiben können.

Da aber für ihn nun nichts weiter dort zu tun ist, so geht er wieder auf die Wanderschaft. Nach einiger Zeit kommt er zu einer Höhle. Kein Mensch ist drinnen zu sehen, nur zwölf ungeordnete Betten in einer Nebenhöhle lassen ihn vermuten, dass sich hier Leute aufhalten. Er macht alle Betten wieder fertig und legt sich dann zum Schlafen in das äußerste Bett hinein. Nach einiger Zeit wird er durch Umhergehen in der Höhle und Männerstimmen geweckt. Er hört, dass die Bewohner der Höhle es dankbar anerkennen, dass einer ihnen die Betten gemacht habe und dass sie sich darüber verwundern, wer das wohl sein könne. Wie sie den Burschen im Bette entdecken, bieten sie ihm an, bei ihnen zu bleiben, um ihnen den Haushalt zu führen. Sie müssten jeden Morgen bei Sonnenaufgang schon die Höhle verlassen, denn sonst würden ihre Feinde sie zum Kampfe dort überfallen. Jeden Abend würden diese zwar von ihnen alle erschlagen, aber jeden Morgen seien sie wieder lebendig und noch bösartiger und kampfestoller wie je zuvor.

Am ersten Tage besorgt ihnen der Bursche zu ihrer vollen Zufriedenheit die Wirtschaft. Sowie die zwölfe sich am Abend zur Ruhe hingelegt haben und eingeschlafen sind, nimmt der Bursche sich einige ihrer Waffen und geht auf den Kampfplatz hinaus. Dort findet er nichts wie Leichen mit abgeschlagenen Köpfen. Wie er hier eine Weile wartet, sieht er beim Morgengrauen einen Hügel sich öffnen und aus ihm eine Frau in blauem Gewand kommen. Diese geht zu den Gefallenen, bestreicht den Rumpf und dann den Kopf einer Leiche mit einer Salbe, und darauf lebt der Tote wieder auf. Als sie auf diese Weise schon einige Leichen wiederbelebt hat, stürzt sich der Bursche auf sie und die von ihr zum Leben Erweckten und tötet alle mit einigen Streichen. Nun belustigt er sich damit, die eine oder andere Leiche durch Salben zu beleben und dann wieder zu töten, bis mit Sonnenaufgang die zwölf Höhlenbewohner zur Schlacht gerüstet auf dem Kampfplatze erscheinen. Wie diese den ganzen Sachverhalt erfahren, sind sie glückselig, endlich von ihren Feinden befreit zu sein, und dankbar bieten sie dem Burschen an, für immer bei ihnen zu bleiben. Ein Anerbieten, das dieser gerne annimmt.

Da sie mit der Salbe einander ja immer wieder beleben können, schlagen sie sich nun im Scherz gegenseitig die Köpfe ab und setzen sie sich hernach wieder auf. Bei dieser Gelegenheit wird dem furchtlosen Burschen einmal aus Versehen der Kopf verkehrt aufgesetzt, sodass sein Gesicht nach dem Rücken gewendet ist. Hierüber gerät er so in Furcht, dass er bittet und fleht, ihn nur so schnell wie möglich von dieser Qual zu erlösen. Und erst wie sein Kopf wieder an der richtigen Stelle sitzt, kehrt die alte Furchtlosigkeit in sein Herz zurück.

Kólur im Nipufjall

Trítill Læralítill, ein Bauernjunge, kommt immer in ein Königreich zur schönen Prinzessin Ingibjörg. Der König wird darüber böse und sagt dem Knaben, dass er ihn in drei Jahren töten würde, wenn er ihm nicht bis dahin mitteilen könne, was er, der König, nun gerade denke.

Trítill geht zu seinen Eltern, die nicht weit vom Königreich in einer Hütte wohnen, und erzählt ihnen das Geschehene. Er bittet um Proviant und neue Schuhe, denn er wolle den weisen Troll Kólur im Nipufjall aufsuchen und um Rat fragen. Schweren Herzens lassen die Eltern ihn ziehen. Spät am Abend kommt er in ein Bauerngehöft zu zwei alten Brüdern. Er erhält hier Nachtquartier und erzählt sein Vorhaben. Sie raten ihm sehr davon ab, denn Kólur sei der schlimmste Troll, den man sich denken könne, und noch keiner sei lebend ihm entkommen. Da Trítill trotzdem auf seinem Plan beharrt, bitten sie ihn beim Abschied, Kólur von ihnen zu grüßen und ihn zu fragen, wer ihnen eigentlich immer die Schafe wegstähle. In der folgenden Nacht wohnt Trítill bei einer armen Frau. Auch sie rät ihm vergeblich von seinem Vorhaben ab. Sie lässt dann den Troll fragen, wohin die zehn Schlüssel an einem Ring gekommen seien, die sie vor drei Jahren verloren habe. Am dritten Abend kommt er zu einer Witwe. Diese möchte gern wissen, woher es komme, dass nun schon drei Männer in der Brautnacht von ihr gestohlen worden seien. Zum Abschied schenkt die Frau dem Knaben eine große Axt und sagt, die müsse er haben, um sich Stufen in den steilen Felsen zu hauen. Sonst käme er gar nicht zur Höhle des Trolls hinauf. Trítill kommt nun endlich an den Nipufjall, klettert hinauf, geht in die Höhle und verbirgt sich unter einem großen Bett. Spät abends kommt der Troll von der Jagd heim. Er riecht gleich, dass ein Mensch da ist und fordert diesen auf, nur sogleich hervorzukommen. Wie Trítill daraufhin unter dem Bett hervorkriecht, sagt Kólur, er wolle ihn sogleich töten. Der Knabe erklärt, er habe nichts dagegen, denn deswegen sei er ja gekommen. Er habe nur noch im Auftrage anderer vorher drei Fragen an ihn zu richten. Kólur will ihm die Antworten lieber am folgenden Morgen geben, bis dahin dürfe er am Leben bleiben. Ob er in der Nacht auf dem Boden oder mit ihm in seinem Bette schlafen wolle? Trítill wählt das letztere und schläft in Gemütsruhe die ganze Nacht hindurch. Am anderen Morgen führt der Troll ihn hinaus und sagt, jetzt wolle er ihn töten. Trítill lässt sich geduldig auf den Boden legen und bittet, ihm nun auch den Kopf gleich abzuschlagen. Da lacht der Troll und erklärt, solch ein tapferer Kerl sei ihm noch nicht vorgekommen. Die anderen hätten alle solche Angst vor dem Tode gehabt. Zum Lohne wolle er ihn jetzt leben lassen. Nun legt ihm Trítill die Frage vor, die der König ihm gestellt hatte. Kólur sagt, der König habe sich gedacht, der Bauernsohn würde vielleicht einmal sein Schwiegersohn werden. Wenn nun der König die Wahrheit dieser Aussage leugnen wolle, so solle Trítill drohen, ihn zu ermorden. Dann würde er sie wohl zugestehen.

Mit den drei Männern der Witwe habe es folgende Bewandtnis: Eine riesenhafte Unholdin sei im Gehöft versteckt, und diese hole sich allemal in der Hochzeitsnacht den jungen Ehemann, um ihn zu verspeisen. Die Schlüssel an dem Ring würde die Frau in der nördlichen Ecke des Heugartens wiederfinden, wo sie einmal mit einem herumziehenden Mann geschlafen habe. Und was den Schafdiebstahl anbeträfe, so wäre ein Bruder der Dieb des anderen.

Hierauf gibt Kólur dem Knaben ein Horn und sagt, er solle daraus trinken, wenn er sich in höchster Not befinde. Ferner gibt er ihm einen Speer und rät ihm, mit ihm den König zu durchbohren, falls dieser nicht die Wahrheit eingestehen wolle. Nun bringt Kólur seinen Gast noch ein Stück Weges. Beim Abschied bittet er ihn dringend, ihn zur Hochzeit zu laden, wenn er die Königstochter Ingibjörg heiraten würde.

Wie Trítill zur Witwe kommt, ist diese gerade im Begriff ihren vierten Mann zu ehelichen. Auf ihre Bitte nimmt Trítill am

Hochzeitsfest teil und legt sich in der Nacht in eine dicke Tierhaut gehüllt vor das Bett des jungen Ehepaares. Wie um Mitternacht alle schlafen, hört er das furchtbare Trollweib kommen. Ehe er sie ergreift, trinkt er schnell aus dem Horne. Dann wirft er seine Tierhaut über sie und schleppt sie aus dem Gehöft heraus. Draußen steht schon ein Kessel mit einem Messer, den die Unholdin für ihr Opfer bereitgestellt hatte. Trítill schneidet ihr den Hals durch, lässt Holz und Feuer herbeiholen und verbrennt das Trollweib. Am anderen Morgen lohnt ihm die Frau seine Heldentat mit viel Geld. Der zweiten Frau weist er nun an, wo sie die Schlüssel wiederfinden wird, und den Brüdern sagt er, dass sie sich immer gegenseitig bestohlen hätten. Darüber werden sie aufeinander so wütend, dass einer den andern totschlägt. Trítill nimmt all ihre Kostbarkeiten an sich und geht nun ins Königreich. Der König leugnet zuerst die Richtigkeit der Antwort. Als ihm aber Trítill den Speer auf die Brust setzt und ihn zu erstechen droht, gibt er die Wahrheit zu. Der Knabe wird nun in allen ritterlichen Künsten unterrichtet. Nachdem er durch seine Tüchtigkeit sich Ruhm und Ansehen erworben hat, soll die Hochzeit mit der Königstochter Ingibjörg gefeiert werden. Seines Versprechens eingedenk lädt Trítill zum Fest auch Kólur ein. Wie der Troll kommt, sind alle ganz erschrocken über ihn. Aber Trítill lässt ihn an seiner Seite sitzen und ihm eine Unmenge Speisen und Getränke vorsetzen. Zur Belohnung für seine guten Ratschläge bittet sich der Troll aus, in der ersten Nacht mit Ingibjörg im gleichen Bette schlafen zu dürfen. Trítill geht darauf ein, und auch die Prinzessin gestattet es schließlich, da der Troll schwört, sie nicht zu berühren. Außerdem soll Trítill die ganze Nacht mit einem Licht und einem Schwerte Wache stehen. In der Nacht sieht nun Trítill, dass eine Trollhaut am Boden liegt und ein schöner Königssohn im Bette sich befindet. Er verbrennt die Haut und beträufelt den Schlafenden mit Wein, bis er erwacht. Nun dankt dieser dem jungen Paar für seine Erlösung – das von Trítill getötete Trollweib habe ihn einst in diese Verzauberung hineingewünscht. Er habe jeden ermorden müssen, der seinen Tod gefürchtet hätte.

Finna, die Hellsehende

Es war einmal ein Mann, der hieß Þrandur und war Gesetzessprecher. Sein Weib war schon gestorben, als diese Geschichte sich ereignete, und er selbst war bereits alt geworden. Er war ein sehr kluger Mann und hatte zwei Kinder, einen Sohn namens Sigurður und eine Tochter, die Finna hieß. Diese war ein sehr verständiges Weib, und es ging die Rede unter den Leuten, dass sie mehr wisse als ihr Vaterunser.

Als ihr Vater einmal fortreiste, sagte sie zu ihm:

»Ich vermute, Vater, dass man auf dieser deiner Reise um meine Hand anhalten werde, und ich bitte dich, dass du sie keinem versprechen mögest, es sei denn, dass dein Leben daran hängen sollte.«

Er versprach es ihr und reiste hierauf fort.

Es hielten nun gar viele angesehene Männer um Finnas Hand an. Þrandur aber wies sie alle ab. Als er seine Geschäfte beendigt hatte, machte er sich wieder auf den Heimweg, und eines Abends, als er ganz allein seinen Knechten weit vorausritt, begegnete ihm ein Mann auf einem dunkelbraunen Pferd, der ein sehr wildes Aussehen hatte. Derselbe stieg ab, griff dem Pferd Þrandurs in die Zügel und sagte:

»Sei gegrüßt, Þrandur!«

Þrandur erwiderte seinen Gruß und fragte ihn um seinen Namen. Er heiße Geir, sagte er, und wolle um Finna, die Tochter Þrandurs, freien.

Þrandur entgegnete ihm:

»Ich kann sie dir nicht zum Weibe geben, denn sie will selbst über ihr Schicksal bestimmen.«

Da zog Geir das Schwert und setzte es Þrandur auf die Brust, demselben die Wahl lassend, dass er ihm entweder Finna zum Weibe gebe oder sogleich von ihm getötet werde.

Þrandur sah nun keinen anderen Ausweg, als ihm die Tochter zu versprechen. Er solle nach Verlauf eines halben Monats kommen, um sie abzuholen, sagte er. Hierauf ritt Þrandur heim, Geir aber zog seiner Wege.

Als Þrandur daheim ankam, stand Finna vor dem Hause, begrüßte ihren Vater und sagte:

»Ist es so, wie mein Geist es mir verkündet, dass du mich einem Manne verheiratet hast?«

Er antwortete ihr, dass dies wirklich der Fall sei, und sagte, dass sein Leben davon abgehangen habe.

Finna meinte, dass es dann auch so sein möge. Ihr Geist verkünde ihr jedoch, dass ihr daraus keine große Freude erwachsen werde.

Zur festgesetzten Zeit kam Geir, um sein Weib zu holen, und es wurde ihm ein freundlicher Empfang bereitet. Er sagte, dass er nicht lange verweilen könne, und bat Finna, sie möge sich rasch fertig machen, denn am nächsten Morgen wolle er wieder fort. Sie tat dies auch. Aus dem Hause ihres Vaters nahm sie niemanden mit sich als ihren Bruder Sigurður.

Sie nahmen alle drei Abschied von Þrandur und ritten ihres Weges, bis sie zu einer Gebirgsweide kamen, auf der Rinder grasten.

Finna fragte Geir, wem diese Weide und die Rinder gehörten.

Er antwortete ihr, sie gehörten niemand anderem als ihm und ihr.

Am zweiten Tage kamen sie zu einer anderen Weide. Auf der waren lauter Pferde.

Finna fragte Geir, wem diese Pferde gehörten.

Er antwortete ihr, sie gehörten niemand anderem als ihm und ihr. So ritten sie weiter den ganzen Tag. Am Abend kamen sie zu einem großen Gut. Hier stieg Geir vom Pferd und bat Finna, ihm zu folgen, denn hier, sagte er, sei sein Heim.

Finna ward hier gut aufgenommen und übernahm sogleich die ganze Hauswirtschaft. Geir war wenig freundlich gegen sie, doch nahm sie sich dies nicht sonderlich zu Herzen. Ihr Bruder Sigurður ward dort ebenfalls gut behandelt.

Am Weihnachtsabend wollte Finna dem Geir den Kopf waschen lassen. Man suchte ihn daher überall, konnte ihn aber nirgends finden. Finna fragte Geirs Pflegemutter, die auch im Hause war, ob dies eine Gewohnheit von ihm sei.

Diese erzählte, dass er seit langer Zeit schon niemals zu Weihnachten daheim gewesen sei, und brach dann in heftiges Weinen aus.

Finna bat die Leute, nicht nach ihm zu suchen. Wenn seine Zeit gekommen sei, werde er schon von selbst zurückkommen, sagte sie.

Sie bereitete das Mahl und machte sich wenig daraus, dass Geir nicht zugegen war.

Als das Essen zu Ende war und alle Leute sich zu Bett begeben hatten, stand Finna auf und nahm ihren Bruder Sigurður mit sich. Sie gingen zur See hinab, stiegen in ein Boot und ruderten hinaus zu einer Insel, die nicht weit entfernt war.

Finna bat Sigurður, er möchte auf das Boot achtgeben, während sie an Land gehe, und dies tat er auch. Hierauf betrat Finna die Insel und ging so lange landeinwärts, bis sie zu einem kleinen, aber wohlgebauten Haus kam. Die Türe stand halb offen. In der Stube brannte ein Licht und ein schön bereitetes Bett befand sich in derselben. In diesem Bett nun sah sie Geir, ihren Mann, liegen und in seinen Armen ein Weib. Finna setzte sich neben dem Bett auf den Boden und sang eine Weise.

Hierauf ging sie zurück zu ihrem Bruder und bat ihn, wieder heimzufahren und niemandem zu sagen, wo sie gewesen seien. Er versprach ihr dies auch und ruderte hierauf heim und beide stellten sich, als ob nichts vorgefallen wäre.

Als Weihnachten vorüber war, stand Finna eines Morgens zeitig auf und ging in die Kammer, in der Geir und sie zu schlafen pflegten, wenn er daheim war. Da befand sich Geir darin und er ging auf und ab, im Bett aber lag ein Kind.

Geir fragte, wem das Kind gehöre.

Sie antwortete ihm, dass es niemand anderem gehöre, als ihm und ihr, nahm sodann das Kind und übergab es Geirs Pflegemutter, damit sie es aufziehen möge.

Das Jahr verstrich sodann, ohne dass sich sonst etwas Besonderes ereignete.

Zu Weihnachten geschah dasselbe wie im Jahre zuvor, nur dass Finna sich diesmal auf den Schemel vor dem Bett setzte und eine Weise sang.

Und als das dritte Mal Weihnachten kam, wurde wieder das Mahl bereitet, und man suchte abermals nach Geir, aber man fand ihn nicht, und Finna bat seine Leute, nicht weiter nach ihm zu suchen.

Als das Essen vorüber war und alle sich zu Bett begeben hatten, ruderten Sigurður und Finna wieder hinaus nach der Insel.

Sigurður bat Finna, dass er diesmal mit ihr an Land gehen dürfe. Sie erlaubte es ihm, trug ihm aber auf, nicht ein einziges Wort zu sprechen. Als sie zu dem Haus kamen, bat Finna den Sigurður, er möchte draußen warten, während sie hineingehe. Er blieb denn auch draußen. Finna aber ging in das Haus hinein, setzte sich auf den Rand des Bettes, und sang folgende Weise:

»Verlassen sitz ich hier am Rand,
das Glück der Freude von mir schwand.

Geraubt hat mir's der kluge Mann,
dass ich mich nimmer freuen kann.

Ein anderes Weib den Mann mir nahm –
ganz unverhofft das Unglück kam!«

Da erhob sich Geir und sagte: »Es soll auch nicht länger geschehen.«

Das Weib aber, das bei ihm im Bett lag, fiel in Ohnmacht. Finna holte Wein und träufelte ihn auf die Lippen der Ohnmächtigen. Da kam sie wieder zur Besinnung und es war das schönste Mädchen.

Da sprach Geir zu Finna:

»Nun hast du mich von einer schweren Not erlöst, denn es war bereits das letzte Jahr, in dem ich befreit werden konnte. Mein Vater war ein König und herrschte über Garðariki. Als meine

Mutter gestorben war, heiratete mein Vater ein unbekanntes Weib. Nachdem sie kurze Zeit zusammengelebt hatten, tötete sie meinen Vater durch Gift. Da ich und diese meine Schwester, die Ingibjörg heißt, ihr nicht Gehorsam leisten wollten, legte sie den Fluch auf mich, dass ich mit meiner Schwester drei Kinder zeugen sollte, und wenn ich nicht ein Weib bekäme, das von all dem wisse, aber dazu schweige, sollte ich zu einer Schlange, meine Schwester aber zu einem ungezähmten Fohlen werden, das mit anderen Pferden auf die Weide geht. Aber jetzt hast du mich von dieser Not befreit und darum will ich diese meine Schwester mit deinem Bruder Sigurður verheiraten und ihr als Mitgift das ganze Reich geben, das mein Vater besaß.«

Sie fuhren hierauf alle zurück an Land und begaben sich in Geirs Haus. Es wurde nun neuerdings ein großes Festmahl bereitet und man schickte nach Þrandur, dem Vater der Finna. Hierauf wurde Sigurðurs und Ingibjörgs Verlobungsbier getrunken. Sigurður zog sodann nach Garðariki und unterwarf es sich ganz.

Geirs Stiefmutter aber wurde ergriffen und zwischen zwei Pferde gebunden, die sie in zwei Stücke auseinanderrissen.

Sigurður und Ingibjörg herrschten lange über Garðariki und Geir trat die Nachfolge Þrandurs als Gesetzessprecher an.

Das weissagende Meermännlein

Einmal im Herbst fuhr ein Vater mit seinen Söhnen, Handi und Rindi geheißen, auf Fischfang, und sie fingen ein Meermännlein. Es wurde zu König Hjórleifur gebracht. Der gab es einer seiner Gefolgsfrauen zur Verwahrung und bat sie, gut mit ihm umzugehen. Aber niemand vernahm je ein Wort von ihm. Einmal spielten die Kerzenjunker am Hofe des Königs miteinander Ringen und verlöschten dabei das Licht. In dem Augenblick benetzte die Königin Hild den kostbaren Mantel der Königin Æsa. Da schlug sie der König, aber Hild schob es auf den Hund, der in der Halle lag, und so schlug der König den Hund. Da lachte das Meermännlein. Der König fragte, warum es lache. »Über deine Einfalt«, sagte es, »denn diese werden dir das Leben retten.«

Der König fragte das Meermännlein genauer, aber es antwortete nicht mehr. Später ließ es der König an die See bringen und bat es, ihm zu sagen, was er zu wissen bedürfte. Da sprach das Meermannlein, als es fuhr zur See:

»Ich sehe etwas leuchten
südlich auf der See.
Es will der dänische König
die Tochter rächen.
Schon hat er draußen
ein Gedränge von Schiffen.
Er zwingt den Hjórleifur
zum Zweikampf heraus.
Hüte dich vor Unglück,
wenn du willst hören.
Mich verlangt's nach der See.«

Und als sie mit ihm dorthin ruderten, wo sie es eingefangen hatten, da sprach es:

»Eine Kunde kann ich sagen
Halogalands Söhnen,
eine wenig gute,
wollt ihr sie hören:
Her fährt von Süden
die Tochter des Sward,
mit Blut besprengt,
von Dänemark.

Sie trägt auf dem Haupte
den Helm gebunden,
Hedins schreckliches
Heerzeichen auf dem Haar.
Kurz werden die Männer
auf Krieg nur warten
hier auf der Seefahrt,
Wahres seh' ich.

Der Schild wird bersten,
es schickt die Jungfrau
hierher ihren Blick
zu den Heeren der Männer.
Jeder Bursche soll schwingen
Schwert und Speere,
bevor der gewaltige
Waffensturm beginnt.

Doch muss ich, wenn's wahr ist,
die Heerfahrt tadeln.
Alle haben das Jahr
zu teuer erhandelt,
wenn der Frühling kommt.«

Dann ließ König Hjórleifur das Meermännlein über Bord. Da ergriff es ein Mann bei der Hand und fragte: »Was ist dem Menschen das Beste?« Das Meermännlein antwortete:

»Kalt Wasser den Augen,
den Zähnen Walfischfleisch,
Leinwand dem Leib.
Mich lasst in die See.
Mich fängt aber
fürder bei Tage
kein Mensch in sein Schiff
vom Grunde des Meers.«

Der König gab Handi und Rindi Land zum Bebauen und Knechte und Mägde zugleich. Dann schickte König Hjórleifur Pfeilbotschaft und sammelte sein Heer. Eines Nachts kam König Hreidar von Seeland mit seinem Heer und schlug einen Ring um den Hof König Hjórleifurs. In dieser Nacht heulte der Hund König Hjórleifurs, der niemals heulte, außer er wusste seinen Herrn in Gefahr. König Hjórleifur durchbrach den Zaun von Männern und schoss dann seinen Speer zurück auf das Heer. Da hörte er, dass König Hreidars Sohn gefallen wäre. Der König sah aus dem Walde den Brand seines Hofes und die Abfahrt Hreidars mit gewaltiger Beute. Und auch darin gingen die dunklen Weissagungen des Meermännleins alle in Erfüllung, dass Hreidar seine Fahrt nicht zu seinem Glück unternommen hatte, denn König Hjórleifur drang in seine Halle und durchstieß ihn, als er auf dem Hochsitz saß, und ließ ihn tot an den Galgen hängen und brachte sein ganzes Reich unter sich.

Der Küster von Myrká

Vor langer Zeit lebte einst auf Myrká im Eyjafjörður ein Küster, dessen Name jedoch nicht überliefert ist. Seine Braut hieß Guðrún, ein Mädchen, das nach den Aussagen einiger Leute von Bægisá jenseits des Flusses Hörgá stammte und bei dem Pfarrer dort im Dienst war. Der Küster benutzte immer, wenn er ausritt, sein eigenes Pferd, ein Tier mit grauer Mähne, das er Faxi nannte.

Einst ritt der Küster kurze Zeit vor Weihnachten nach Bægisá, um Guðrún zum Weihnachtstanze nach Myrká einzuladen, und bei dieser Gelegenheit versprach er seiner Braut, am Tage vor Weihnachten zur bestimmten Stunde zu ihr zu kommen und sie zum Tanze abzuholen. Während der vorhergehenden Tage, ehe der Küster Guðrún zum Tanze einlud, war viel Schnee gefallen, und dazu hatte es heftig gefroren.

Aber an dem Tage, als er nach Bægisá ritt, kam starkes Tauwetter, und am Nachmittag, als der Küster sich noch in Bægisá verzögerte, wurde der stark angeschwollene Fluss wegen des Eisganges unpassierbar. Beim Heimreiten dachte er jedoch nicht daran, dass im Laufe des Tages eine Änderung eingetreten sei, und glaubte, dass der Fluss sich noch im gleichen Zustande befinde.

Bei der Furt an der Öxnadalsá kam er auch glücklich noch hinüber. Aber wie er zur Hörgá kam, war der Fluss stark angeschwollen. Er ritt deshalb am Ufer entlang, bis er sich gegenüber Saurbær, dem nächsten Gehöft außerhalb Myrkás, befand, denn hier war eine Brücke über den Fluss. Wie der Küster nun über die Brücke ritt und schon bis zur Mitte gekommen war, brach diese zusammen, sodass er in den Fluss stürzte.

Am andern Morgen sieht der Bauer von Þúfnævellir ein gesatteltes Pferd unterhalb des Grasgartens und glaubt den Faxi des Küsters von Myrká zu erkennen.

Er erschrickt, denn er hatte am vorhergehenden Tag den Küster vorbeireiten sehen, von seinem Heimritte aber nichts bemerkt. Da er einen Unglücksfall argwöhnt, geht er über den Grasgarten hinunter und findet da auch tatsächlich den Faxi völlig durchnässt und in traurigem Zustande. Nun geht er zum Fluss hinab zu der Landzunge, die sich in den Fluss hinein erstreckt und hier sieht er die Leiche des Küsters, die an den Rand der Landzunge angetrieben worden war. Sofort macht sich der Bauer nach Myrká auf, um dort das Geschehene zu verkünden. Man bringt den Küster, der am Hinterkopfe durch die Eisschollen starke Verletzungen erlitten hatte, nun nach Myrká, und eine Woche vor Weihnachten wird er begraben.

Da infolge des Tauwetters die Flüsse stark angeschwollen waren, hatte seit dem Heimritt des Küsters von Bægisá bis zum Tage vor Weihnachten keine Verbindung zwischen Myrká und Bægisá sein können, und daher war keine Kunde von diesem Unglück nach Bægisá gekommen. Aber nun hatte sich am Tag vor Weihnachten das Wetter gebessert, und da auch das Wasser im Flusse sich verlaufen hatte, glaubte Guðrún sich auf den bevorstehenden Weihnachtstanz in Myrká freuen zu können.

Am Nachmittag begann sie, sich für das Fest zu schmücken, und als sie schon beinahe fertig war, hörte sie, dass an die Haustüre geklopft wurde. Ein gerade im Zimmer anwesendes Mädchen ging an die Türe, sah jedoch niemanden. Denn da der Mond hinter Wolken dahinzog und bald verhüllt wurde, bald sichtbar war, herrschte draußen ein unsicheres Licht. Wie das Mädchen wieder ins Zimmer kam und erklärte, niemanden sehen zu können, meinte Guðrún: »Man will mir natürlich einen Streich spielen. Ich will aber trotzdem hinausgehen.« Sie hatte den Mantel noch nicht angezogen, und nun fuhr sie in der Eile nur in einen Ärmel hinein, warf den andern über die Schulter und hielt ihn dort fest. Draußen sah sie den Faxi vor der Türe stehen und neben ihm einen Mann, den sie für den Küster hielt. Ohne ein Wort zu sprechen, hob dieser Guðrún auf das Pferd und setzte sich selber vor ihr in den Sattel. Nun ritten sie eine Weile schweigsam miteinander. Wie sie aber an die Hörgá kamen, die ein steil abfallendes Ufer hat, musste das Pferd springen, um zum Fluss hinabzukommen. Hierbei hob sich hinten der Hut des Küsters, sodass Guðrún bei der Gelegenheit seinen kahlen Schädel sehen konnte. Im gleichen Augenblick trat der Mond aus den Wolken hervor, und der Küster sprach:

»Der Mond, der gleitet,
der Tod, der reitet.
Siehst du nicht einen weißen Fleck
auf meinem Schädel,
Garún, Garún?«

Ganz erschrocken gab das Mädchen keine Antwort. Ohne weiter miteinander zu reden und ohne dass weiter etwas von ihrem Ritt zu sagen ist, kamen sie nach Myrká und stiegen dort am Kirchhof vor der Leichenpforte vom Pferd. Da sagte der Küster zu Guðrún:

»Warte du hier, Garún, Garún,
während ich bringe den Faxi, Faxi
hinauf an den Grashof, Grashof.«

Während der Küster mit dem Pferd fortgeht, wirft Guðrún einen Blick auf den Kirchhof und sieht hier ein offenes Grab.

In der Todesangst weiß sie keinen anderen Rat, als das Glockenseil an der Leichenpforte zu ergreifen. Im gleichen Augenblick wird sie von hinten gepackt. Da sie zum Glück vorher in der Eile nur in einen Mantelärmel gefahren war, reißt infolge des starken Griffes an der Schulter des Ärmels, den sie angezogen hatte, die Naht entzwei, und nun sieht sie den Küster mit den Mantelfetzen in der Hand in ein offenes Grab sich stürzen, während von beiden Seiten die Erde sich über ihm schließt.

Obgleich Guðrún bis jetzt noch keine Ahnung vom Tode des Küsters gehabt, vermutet sie nach dem eben Erlebten, dass sie es hier mit einem Gespenst zu tun hatte. Sie kann sich daher vor Angst nicht mehr vom Fleck rühren, sondern nur in einem fort läuten, bis die Leute von Myrká herbeieilen.

Wie sie mit diesen ins Gespräch kommt, hört sie das Nähere über den Tod des Küsters, und nun findet sie ihren Argwohn in vollem Umfange bestätigt.

Als alle Leute sich schlafen gelegt hatten und das Licht ausgelöscht war, kam noch in der gleichen Nacht der Küster wieder und griff Guðrún an, ja, er war so gewaltsam, dass die Leute aufstehen mussten und niemand mehr in dieser Nacht schlafen konnte. Noch während eines halben Monats durfte sie niemals allein sein, sondern in jeder Nacht musste einer bei ihr wachen. Der Pfarrer sogar habe auf ihrem Bettrande sitzen und immer im Psalter lesen müssen. Schließlich holte man einen Zauberer westlich aus dem Skagafjörður. Wie dieser kam, ließ er einen riesigen Stein oberhalb des Grasgartens ausgraben und ihn zum Gehöft vor den Hausgiebel wälzen. Zur Dämmerungszeit gegen Abend kam der Küster und wollte ins Haus, doch der Zauberer trieb ihn draußen vor den Hausgiebel und beschwor ihn hier mit starken Zaubersprüchen in den Boden hinein. Danach wälzte er den Stein über die Stelle, und dort soll der Küster noch heute liegen.

Nun hörte es auf, in Myrká zu spuken, und Guðrún begann langsam, sich zu erholen. Kurze Zeit nachher kehrte sie in ihr Elternhaus nach Bægisá zurück, doch niemals wieder soll sie ganz die Alte geworden sein.

Quellenverzeichnis

In Klammern stehen die Originaltitel der jeweiligen Quellen, wenn in diesem Band von den ursprünglichen Titeln, abgesehen von Akzenten, abgewichen wurde.

Margarethe Lehmann-Filhés, Jón Árnason: Isländische Volkssagen der Gegenwart. Berlin 1891.

Der Mann von Grímsey und der Bär
Der Wunschstein vom Tindastóll
Der Wurm im Lagarfljót
Die Seehundshaut

Hans und Ida Naumann: Isländische Volksmärchen. Jena 1923.

Ásmundur Südfahrer (Asmund Südfahrer)
Das weissagende Meermännlein (Das weißsagende Meermännlein)
Der Ernteknecht
Der Küster von Myrká
Die mit einem Elfen verheiratete Pfarrerstochter (Eine Pfarrerstochter mit einem Huldren verheiratet)
Una, das Elfenmädchen (Una, das Elbenmädchen)

Jos. Cal. Poestion: Isländische Märchen. Wien 1884.

Brjám
Das Pferd Gullfaxi und das Schwert Gunnfjörður
»Das Weib möcht etwas haben für den Knopf«
Die Kuh Búkolla
Finna, die Hellsehende
Helga, die Häuslerstochter
Hringur und Snati-Snati (Ring, der Königssohn)

Kohlensteiß auf dem Steckenpferd
Lineik und Laufey
Sigurður und Ingibjörg, die Königskinder (Sigurd und Ingibjörg, die Königskinder)
Þorsteinn, der Häuslerssohn (Thorstein, der Häuslerssohn
Þorsteinn, der Königssohn (Thorstein, der Königssohn)
Ullarvindill

Adeline Rittershaus: Die neuisländischen Volksmärchen. Halle 1902.

Das Märchen von der Königstochter, die in ein Pferd verwandelt war
Der allwissende Bauernbursche
Der Elfenkönig von Seley (Der Elbenkönig in Seley)
Der rollende Rindsmagen
Der Wechselbalg
Die Augensalben der Elfen
Die gute Stiefmutter
Die hilfreichen Tiere
Die kunstreichen Brüder
Die mehrere Male getötete Leiche
Die Seeschafe
Die Trollfrau im Steinnachen (Die Riesin im Steinboot)
Eva und ihre Kinder
Hvekkur
Kólur im Nipufjall
Rauðiboli
Snotra
Von dem Burschen, der sich vor nichts fürchtet
Wer ist der Dümmste? (Wer ist der Dummste?)

Rósa Þorsteinsdóttir: Sagan upp á hvern mann. Reykjavík 2011. Übersetzt von Alexander Schwarz.

Das Märchen von der Frau, die einer Elfe Milch gab
Der Junge, der so klein war, dass er sich selbst nicht bis an die Nase reichte